戴望舒

戴望舒 著

我的心神
是在更远的地方

浙江文艺出版社
Zhejiang Literature & Art Publishing House

图书在版编目（CIP）数据

戴望舒：我的心神是在更远的地方 / 戴望舒著. —
杭州：浙江文艺出版社，2024.6
ISBN 978-7-5339-7538-8

Ⅰ.①戴… Ⅱ.①戴… Ⅲ.①散文集—中国—当
代 Ⅳ.①I267

中国国家版本馆 CIP 数据核字（2024）第 055588 号

统　　筹	王晓乐	封面设计	广　岛
责任编辑	邓东山　许龚燕	封面插画	Stano
责任校对	许红梅	营销编辑	张恩惠
责任印制	吴春娟	数字编辑	姜梦冉　诸婧琦

戴望舒：我的心神是在更远的地方

戴望舒　著

出版发行　浙江文艺出版社
地　　址　杭州市环城北路177号
邮　　编　310003
电　　话　0571-85176953（总编办）
　　　　　0571-85152727（市场部）
制　　版　杭州天一图文制作有限公司
印　　刷　杭州富春印务有限公司
开　　本　880毫米×1230毫米　1/32
字　　数　130千字
印　　张　7.375
插　　页　2
版　　次　2024年6月第1版
印　　次　2024年6月第1次印刷
书　　号　ISBN 978-7-5339-7538-8
定　　价　39.80元

出版说明

自五四新文化运动以来，中国文学面目一新。在中西方文化的碰撞与融合中，小说、诗歌、戏剧等文学形式完成蜕变与新生，而散文以其自由自在的天性，踵事增华，其成果蔚为大观。

郁达夫认为，较之古代的"文"，现代中国散文有三点特异之处，即"'个人'的发现""内容范围的扩大""人性，社会性，与大自然的调和"（《中国新文学大系·散文二集·导言》）。散文家们兼收并蓄，将万事万物融于一心，"以我手写我口"，取径不同，或叙事、抒情、议论，或写人、描景、状物；风格各异，或蕴藉、洗练、飞扬，或磅礴、绮丽、缜密。就应用而言，以学识、阅历、心境为核心的小品文，以小见大，言近旨远，张扬个人性情；以观察、讽刺、同情为底色的杂文，见微知著，刚柔相济，召唤战斗精神……种种流派，非止一端。

为了给当代读者提供一套选目得当、编校精良的散文选本，我们推出"名家散文"系列，从灿若星辰的中国现代散文家中遴选出一批作者，精选其散文创作中的经典作品，结集成册，以飨读者，或可视作对百年现代中国散文的一次阶段性回顾与总结。我们相信，尽管这些作品产生的背景千差万别，但其呈现的智识与感性、追求与希冀，是跨越时空而能与读者共鸣的。我们也相信，经典之所以为经典，因其经得起时间的汰洗，这里的文章，初读，是迎面撞上万千世界，吉光片羽，亦足珍惜；再读，则是与无数智者的重逢，向内发现自己，向外发现众生。

文学的历史同时也是一部语言文字的历史，而汉语的标准化也随着时间的推移不断地演变、更新。五四白话文运动以来，文学语言流动而多变，呈现出丰富和复杂的样貌。文字、词汇、语法的繁芜丛杂背后，是思想文化的多元与活跃，也是作家不同审美取向和个人风格的展现。因此，我们在编辑过程中尽量尊重文章原刊或初版时的面貌，使读者能够感受到语言的时代特色，比如"的""地""底"共存的现象。同时，考虑到读者尤其是学生的阅读需求，我们按当下的规范做了有限度的修订。

编辑出版工作中难免存在不足之处，热忱欢迎广大读者批评指正。

浙江文艺出版社

目　录

读者、作者与编者

我相信能够了解你

银月的光辉

在一个
边境的站上

在那里，

我的神思便飘举起来了。

夜　莺

在神秘的银月的光辉中，树叶儿啁啾地似在私语，绰绰地似在潜行；这时候的世界，好似一个不能解答的谜语，处处都含着幽奇和神秘的意味。

有一只可爱的夜莺在密荫深处高啭，一时那林中充满了她婉转的歌声。

我们慢慢地走到饶有诗意的树荫下来，悠然听了会儿鸟声，望了会儿月色。我们同时说："多美丽的诗境！"于是我们便坐下来说夜莺的故事。

"你听她的歌声是多悲凉！"我的一位朋友先说了，"她是那伟大的太阳的使女：每天在日暮的时候，她看见日儿的残光现着惨红的颜色，一丝丝的向辽远的西方消逝了，悲思便充满了她幽微的心窍，所以她要整夜的悲啼着……"

"这是不对的，"还有位朋友说，"夜莺实是月儿的爱人：你可听不见她的情歌是怎地缠绵？她赞美着月儿，月儿便用清辉将她拥抱着。从她的歌声，你可听不出她灵魂是沉醉着?"

我们正想再听一会儿夜莺的啼声，想要她启示我们的怀疑，但是她拍着翅儿飞去了，却将神秘作为她的礼物留给我们。

我的旅伴

——西班牙旅行记之一

从法国入西班牙境，海道除外，通常总取两条道路：一条是经东北的蒲港（Port-Bou），一条是经西北的伊隆（Irún）。从里昂出发，比较是经由蒲港的那条路近一点，可是，因为可以经过法国第四大城鲍尔陀（Bordeaux），可以穿过"平静而美丽"的伐斯各尼亚（Vasconia），可以到蒲尔哥斯（Burgos）去瞻览世界闻名的大伽蓝，可以到伐略道里兹（Válladolid）去寻访赛尔房德思（Cervantes）的故居，可以在"绅士的"阿维拉（Avila）小作勾留，我便舍近而求远，取了从伊隆入西班牙境的那条路程。

一九三四年八月二十二日下午五时，带着简单的行囊，我到了里昂的贝拉式车站。择定了车厢，安放好了行李，坐定了位子之后，开车的时候便很近了。送行的只有友人罗大刚①一人，颇有点冷清清的气象，可是久居异乡，随遇而安，离开这一个国土而到那一个国土，也就像迁一家旅舍一样，并不使我起什么怅惘之思，而况在我前面还有一个在我梦想中已变成那样神秘的西班牙在等待着我。因此，旅客们的喧骚声，开车的哨子声，汽笛声，车轮徐徐的转动声，大刚的清爽的Bon voyage②声，在我听来便好像是一阕快乐的前奏曲了。

火车已开出站了，扬起的帽子，挥动的素巾，都已消隐在远处了。我还是凭着车窗望着，惊讶着自己又在这永远伴着我的旅途上了。车窗外的风景转着圈子，展开去，像是一轴无尽的山水长卷：苍茫的云树，青翠的牧场，起伏的山峦，绵亘的耕地，这些都在我眼前飘忽过去，但并没有引起我的注意。我的心神是在更远的地方。这样地，一个小站，两个小站过去了，而我却还在窗前伫立着，出着神，一直到一个奇怪的声音把我从梦想中拉出来。

一个奇怪的声音在我的车厢中响着，好像是婴孩的啼

① 罗大刚，即罗大冈（1909—1998），法国文学专家、翻译家。
② 法语，意为"一路平安"。

声，又好像是妇女的哭声。它从我的脚边出来；接着，又有什么东西踏在我脚上。我惊奇地回头过去：四张微笑着的脸儿。我向我的脚边望去：一只黄色的小狗。于是我离开了窗口，茫然地在座位上坐了下去。

"这使你惊奇吗，先生？"坐在我旁边的一位中年人说，接着便像一个很熟的朋友似的溜溜地对我说起来。"我们在河沿上鸟铺前经过，于是这个小东西就使我女人看了中意了。女人的怪癖！你说它可爱吗，这头小狗？我呢，我还是喜欢猫。哦，猫！它只有两个礼拜呢，这小东西。我们还为它买了牛奶。"他向坐在他旁边的妻子看了一眼，"你说，先生，这可不是自讨麻烦吗？——嘟嘟，别那么乱嚷乱跑！——它可弄脏了你的鞋子吗，先生？"

"没有，先生，"我说，"倒是很好玩的呢，这只小狗。"

"可不是吗？我说人人见了它会欢喜的，"我隔座的女人说，"而且人们会觉得不寂寞一点。"

是的，不寂寞。这头小小的生物用它的尖锐的唤声充满了这在辘辘的车轮声中摇荡里的小小的车厢，像利刃一般地刺到我耳中。

这时，这一对夫妇忙着照顾他们新买来的小狗，给它预备牛奶，我们刚才开始的对话，便因而中止了。趁着这个机会，我便去观察一下我的旅伴们。

坐在我旁边的中年人大约有三十五六岁，养着一撮小胡子，胖胖的脸儿发着红光，好像刚喝过了酒，额上有几条皱纹，眼睛却炯炯有光，像一个少年人。灰色条纹的裤子。上衣因为车厢中闷热已脱去了，露出了白色短袖的 Lacoste①式丝衬衫。从他的音调中，可以听出他是马赛人或都隆一带的人，他的言语服饰举止，都显露出他是一个小 rentier②，一个十足的法国小资产阶级者。坐在他右手的他的妻子，看上去有三十岁光景。染成金黄色的棕色的头发，栗色的大眼睛，上了黑膏的睫毛，敷着黄色的胭脂的颊儿，染成红色的指甲，葵黄色的衫子，鳄鱼皮的鞋子。在年轻的时候，她一定曾经美丽过，所以就是现在已经胖起来，衰老下去，她还没有忘记了她的爱装饰的老习惯。依然还保持着她的往日的是她的腿胫，在栗色的丝袜下，它们描着圆润的轮廓。

坐在我对面的胖子有四十多岁，脸儿很红润，胡须剃得光光的，满面笑容。他在把上衣脱去了，使劲地用一份报纸当扇子挥摇着。在他的脚边，放着一瓶酒，只剩了大半瓶，大约在上车后已喝过了。他头上的搁篮上，又是两

---

① 法国品牌拉科斯特。
② 意为"靠投资生意过活的人"。

瓶酒。我想他之所以能够这样白白胖胖欣然自得，大概就是这种葡萄酒的作用。从他的神气看来，我猜想是开铺子的（后来知道他是做酒生意的）。薄薄的嘴唇证明他是一个好说话的人，可是自从我离开窗口以后，我还没有听到他说过话——大约还没有到时候，恐怕一开口就不会停。

坐在这位胖先生旁边，缩在一隅，好像想避开别人的注意而反引起别人的注意似的，是一个不算难看的二十来岁的女人。穿着黑色的衣衫，老在那儿发呆，好像流过眼泪的有点红肿的眼睛，老是望着一个地方。她也没有带什么行李，大约只作一个短程的旅行，不久就要下车的。

在我把我的同车厢中的人观察了一遍之后，那位有点胖的太太已经把她的小狗喂过了牛乳，抱在膝上了。

"你瞧它多乖！"她向那现在已不呜呜地叫唤的小狗望了一眼，好像对自己又好像对别人说。

"呃，这是'新地'种，"坐在我对面的胖先生开始了，"你别瞧它现在那么安静，以后它脾气就会坏的，变得很凶。你们将来瞧着吧，在十六七个月之后。呃，你们住在乡下吗？我的意思是说，你们住在巡警之力所不及的僻静的地方吗？"

"为什么？"两夫妇同声说。

"为什么？为什么？为了这是'新地'种，是看家的好狗。难道你们不知道吗？它会很快地长大起来，长得高高的，它的耳朵，也渐渐地会拖得更长，垂下去。它会变得很凶猛。在夜里，你们把它放在门口，你们便可以敞开了大门高枕无忧地睡觉。"

"啊！"那妇人喊了一声，把那只小狗一下放在她丈夫的膝上。

"为什么，太太？"那胖子说，"能够高枕无忧，这还不好吗？而且'新地'种是很不错的。"

"我不要这个。我们住在城里很热闹的街上，我们用不到一头守夜狗。我所要的是一只好玩的小狗，一只可以在出去散步时随手牵着的小狗，一只会使人感到不大寂寞一点的小狗。"那女人回答，接着就去埋怨她的丈夫了，"你为什么会这样糊涂！我不是已对你说过好多次了吗，我要买一头小狗玩玩？"

"我知道什么呢？"那丈夫像一个牺牲者似的回答，"这都是你自己不好，也不问一问伙计，而且那时离开车的时间又很近了。是你自己指定了买的，我只不过付钱罢了。"接着对那胖先生说，"我根本就不喜欢狗。对于狗这一门，我是完全外行。我还是喜欢猫。关于猫，我还懂得一点，暹罗种、昂高拉种；狗呢，我一点也不在行。有什么办法呢！"他耸了一耸肩，不说下去了。

"啊，太太，我懂了。你所要的是那种小种狗。"那胖先生说，接着他更卖弄出他的关于狗种的渊博的知识来。"可是小种狗也有许多种，Dandie-dinmont, King Charles, Skye-terrier, Pékinois, loulou, Biehon de malt, Japonais, Bouledogue, teerier anglais àpoils durs, 以及其他等等，说也说不清楚。你所要的是哪一种样子的呢？像用刀切出来的方方正正的那种小狗呢，还是长长的毛一直披到地上又遮住了脸儿的那一种？"

"不是，是那种头很大，脸上起皱，身体很胖的有点儿像小猪的那种。以前我们街上有一家人家就养了这样一只，一副蠢劲儿，怪好玩的。"

"啊啊！那叫Bouledogue，有小种的，也有大种的。我个人不大喜欢它，正就因为它那副蠢劲儿。我个人倒喜欢King Charles或是Japonais。"说到这里，他转过脸来对我说，"呃，先生，你是日本人吗？"

"不，"我说，"中国人。"

"啊！"他接下去说，"其实Pékinois也不错，我的妹夫就养着一条。这种狗是出产在你们国里的，是吗？"

我含糊地答应了他一声，怕他再和我说下去，便拿出了小提箱中的高谛艾（Th. Gautier）的《西班牙旅行记》来翻看。可是那位胖先生倒并没有说下去，却拿起了放在脚边的酒瓶倾瓶来喝。同时，在那一对夫妻之间，便你一句我一句地争论起来了。

　　快九点钟了。我到餐车中去吃饭。在吃得醺醺然地回来的时候，车厢中只剩了胖先生一个人在那儿吃夹肉面包，喝葡萄酒。买狗的夫妇和黑衣的少妇都已下车去了。我问胖先生是到哪里去的。他回答我是鲍尔陀。我们于是商量定，关上了车厢的门，放下窗幔，熄了灯，各占一张长椅而卧，免得上车来的人占据了我们的座位，使我们不得安睡。商量既定，我们便都挺直了身子躺在长椅上。不到十几分钟，我便听到胖先生的呼呼的鼾声了。

鲍尔陀一日

——西班牙旅行记之二

清晨五点钟。受着对座客人的"早安"的敬礼，我在辘辘的车声中醒来了。这位胖先生是先我而醒的，一只手拿着酒瓶，另一只手拿着一块饼干，大约已把我当做一个奇怪的动物似的注视了好久了。

"鲍尔陀快到了吧?"我问。

"一小时之后就到了。您昨夜睡得好吗?"

"多谢，在火车中睡觉是再舒适也没有了。它摇着你，摇着你，使人们好像在摇篮中似的。"说着我便向车窗口望出去。

风景已改变了。现在已不是起伏的山峦、广阔的牧场、苍翠的树林了，在我眼前展开着的是一望无际的葡萄已经成熟了，我仿佛看见了暗绿色的葡萄叶，攀在支柱上的藤蔓，和发着宝石的光彩的葡萄。

"你瞧见这些葡萄田吗？"那胖先生说，接着，也不管我听与不听，他又像昨天谈狗经似的对我谈起酒经来了，"你要晓得，我们鲍尔陀是法国著名产葡萄酒的地方，说起'鲍尔陀酒'，世界上是没有一处人不知道的。这是我们法国的命脉——也是我的命脉。这也有两个意义：第一，正如你所见到的一样，我是一天也不能离开葡萄酒的；"他喝了一口酒，放下了瓶子接下去说，"第二呢，我是做酒生意的，我在鲍尔陀开着一个小小的酒庄。葡萄酒双倍地维持着我的生活，所以也难怪我对于酒发着颂词了。喝啤酒的人会有一个混浊而阴险的头脑，像德国人一样；喝烧酒（Liqueur）的人会变成一种中酒精毒的疯狂的人；而喝了葡萄酒的人却永远是爽直的、喜乐的、满足的，最大的毛病是多说话而已，但多说话并不是一件缺德的事……"

"鲍尔陀葡萄酒的种类很多吧？"我趁空羼进去问了一句。

"这真是说也说不清呢。一般说来，是红酒白酒，在稍为在行一点的人却以葡萄的产地来分，如'美道克'（Médoc），

'海岸'（Côtcs），'沙滩'（Graves），'沙田'（Palus），'梭代尔纳'（Sauternes），等等。这是大致的分法，但每一种也因酒的品质和制造者的不同而分了许多种类：'美道克'葡萄酒有'拉斐特堡'（Chateau-Lafite），'拉都堡'（Chateau-Latour），'莱奥维尔'（Léoville）等类；'海岸'有'圣爱米略奈'（St. Emilionais），'李布尔奈'（Libournais），'弗龙沙代'（Fronsadais）等类；'沙田'葡萄酒和'沙滩'酒品质比较差一点，但也不乏名酒；享受到世界名誉的是'梭代尔纳'的白酒，那里的产酒区如鲍麦（Bommes）、巴尔沙克（Barsac）、泊莱涅克（Preignac）、法尔格（Fargues）等，都出好酒，特别以'伊甘堡'（Chateau-Yquem）为最著名。因为他们对于葡萄酒的品质十分注意，就是采葡萄制酒的时候，至少也分三次采，每次都只采成熟了的葡萄……而且每一个制造者都有着他们世袭的秘法，就是我们也无从知晓。总之，"在说了这一番关于鲍尔陀酒的类别之后，他下着这样的结论，"如果你到了鲍尔陀之后，我第一要奉劝的便是请你去尝一尝鲍尔陀的好酒，这才可以说不枉到过鲍尔陀……"

"对不起，"一半也是害怕他再滔滔不绝地说下去，我站起身来说，"我得去洗一个脸呢，我们回头谈吧。"

回到车厢中的时候，火车离鲍尔陀已只有十几分钟的路程了。胖先生在车厢外的走廊上笑眯眯地望着车窗外的葡萄田，好像在那些累累的葡萄上看到了他自己的满溢的生命一样。我也不去打搅他，整理好行囊，便倚着车窗闲望了。

这时在我的心头起伏着的是一种莫名其妙的不安。这种不安是读了高谛艾的《西班牙旅行记》而引起的，对到鲍尔陀站时，高谛艾这样写着他的印象：

下车来的时候，你就受到一大群的夫役的攻击，他们分配着你的行李，合起二十个人来扛一双靴子：这还一点也不算稀奇；最奇怪的是那些由客栈老板埋伏着截拦旅客的劳什子。这一批浑蛋逼着嗓子闹得天翻地覆地倾泻出一大串颂词和咒骂来：一个人抓住你的胳膊，另一个人攀住你的腿，这个人拉住你的衣服的后襟，那个人拉住你的大氅的钮子："先生，到囊特旅馆里去吧，那里好极啦！"——"先生不要到那里去，那是一个臭虫的旅馆，臭虫旅馆这才是它的真正的店号。"那对敌的客店的代表急忙这样说。——"罗昂旅馆！""法兰西旅馆！"那一大群人跟在你后面嚷着。——"先生，他们是永远也不洗他们的砂锅的，他们用臭猪油烧菜，他们的房间里漏得像下雨，你会被他们剥削、抢盗、谋杀。"每一个人都设法使你讨厌那些他们对敌的客栈，而这一大批跟班只在你断然踏进了一家旅馆的时候才离开你。那时他们自己之间便口角起来，相互拔出皮榔头来，你骂我强盗，我骂你贼，以及其他类似的咒骂，接着他们又急急忙忙地追另一个猎物。

到了鲍尔陀的圣约翰站，匆匆地和胖先生告了别之后，我便是在这样的心境中下了火车。我下了火车，没有脚夫来抢拿我的小皮箱；我走出了车站，没有旅馆接客来拽我的衣裾。这才使我安心下来，心里想着现在的鲍尔陀的确比一八四〇年的鲍尔陀文明得多了。

我不想立刻找一个旅馆，所以我便提着轻便的小提囊安步当车顺着大路踱过去。这正是上市的时候，买菜的人挟着大篮子在我面前经过，熙熙攘攘，使我连游目骋怀之心也被打散了。一直走过了闹市之后，我的心才渐渐地宽舒起来。高谛艾说："在鲍尔陀，西班牙的影响便开始显著起来了。差不多全部的市招都是用两种文字写的；在书店里，西班牙文的书至少和法文书一样多。许多人都说着吉诃德爷和古士芝·达尔法拉契^①的方言……"我开始注意市招：全都是法文的；我望了一望一家书店的橱窗：一本西班牙文的书也没有；我倾听着过路人的谈话：都是道地的法语，只是有点重浊的本地口音而已。这次，我又太相信高谛艾了。

这样地，我不知不觉走到了鲍尔陀最热闹的克格芝梭大街上。咖啡店也开门了，把藤椅一张张地搬到檐前去。我走进一家咖啡店去，遵照同车胖先生的话叫了一杯白葡萄酒，又叫了一杯咖啡，一客夹肉面包。

也许是车中没有睡好，也许是闲走累了，也许是葡萄酒生了作用，一片懒惰的波浪软软地飘荡着我，使我感到有睡意了。我想：晚间十二点要动身，而我在鲍尔陀又只打算走马看花地玩一下，那么我何不找一个旅馆去睡几小时，就是玩起来的时候也可以精神抖擞一点。

罗兰路。勃拉丹旅馆。在吩咐侍者在正午以前唤醒我之后，我便很快地睡着了。

侍者在十一点半唤醒了我，在洗盥既毕出门去的时候，

---

① 吉诃德爷，即堂吉诃德，塞万提斯创作的小说《堂吉诃德》中的人物；古士芝·达尔法拉契，现通译为古斯曼·德·阿尔法拉切，西班牙作家马特奥·阿莱曼（1547—约1614）创作的小说《古斯曼·德·阿尔法拉切的生平》中的人物。

天已在微微地下雨了。我冒着微雨到圣昂德莱大伽蓝巡礼去，这是英国人所建筑的，还是中世纪的遗物，藏着乔尔丹（Jordaëns）和维洛奈思（Véronèse）等名画家的画。从这里出来后，我到喜剧院广场的鲍尔陀咖啡饭店去丰盛地进了午餐。在把肚子里装满了鲍尔陀的名酒和佳肴之后，正打算继续去览胜的时候，雨却倾盆似的泻下来。一片南方的雨，急骤而短促。我不得不喝着咖啡等了半小时。

出了饭馆之后，在一整个下午之中我总计走马看花地玩了这许多地方：圣母祠、甘龚斯广场、圣米式尔寺、公园、博物馆。关于这些，我并不想多说什么，《蓝皮指南》以及《倍德凯尔》等导游书的作者，已经有更详细的记载了。

使我引为憾事的是没有到圣米式尔寺的地窖里去看一看，那里保藏着一些成为木乃伊的尸体，据高谛艾说："就是诗人们和画家们的想象，也从来没有产生过比这更可怕的噩梦过。"但博物馆中几幅吕班思（Rubens）、房第克（Van Dyck）、鲍谛契里（Botticelli）的画，黄昏中在清静的公园中的散步，也就补偿了这遗憾了。

依旧丰盛地进了晚餐之后，我在大街上信步闲走了两点多钟，然后坐到咖啡馆中去，听听音乐，读读报纸，看看人。这时，我第一次证明了高谛艾没有对我说谎。他说：

"使这个城有生气的，是那些娼妓和下流社会的妇人，她们都的确是很漂亮：差不多都生着笔直的鼻子，没有颧骨的颊儿，大大的黑眼睛，爱娇而苍白的鹅蛋形脸儿。"

这样挨到了十一点光景，我回到旅馆里去算了账，便到圣约翰站去乘那在十二点半出发到西班牙边境去的夜车。

在一个边境的站上

——西班牙旅行记之三

夜间十二点半从鲍尔陀开出的急行列车，在清晨六点钟到了法兰西和西班牙的边境伊隆。在朦胧的意识中，我感到急骤的速率宽弛下来，终于静止了。有人在用法西两国语言报告着："伊隆，大家下车！"

睁开睡眼向车窗外一看，呈在我眼前的只是一个像法国一切小车站一样的小车站而已。冷清清的月台，两三个似乎还未睡醒的搬运夫，几个态度很舒闲地下车去的旅客。我真不相信我已到了西班牙的边境了，但是一个声音却在更响亮地叫过来：

"伊隆，大家下车！"

匆匆下了车，我第一个感到的就是有点寒冷。是侵晓的冷气呢，是新秋的薄寒呢，还是从比雷奈山间夹着雾吹过来的山风？我翻起了大氅的领，提着行囊就往出口走。

走出这小门就是一间大敞间，里面设着一圈行李检查台和几道低木栅，此外就没有什么别的东西。这是法兰西和西班牙的交界点，走过了这个敞间，那便是西班牙了。我把行李照别的旅客一样地放在行李检查台上，便有一个检查员来翻看了一阵，问我有什么报税的东西，接着在我的提箱上用粉笔画了一个字，便打发我走了。再走上去是护照查验处。那是一个像车站上卖票处一样的小窗洞。电灯下面坐着一个留着胡子的中年人。单看他的炯炯有光的眼睛和他手头的那本厚厚的大册子，你就会感到不安了。我把护照递给了他。他翻开来看了看里昂西班牙领事的签字，把护照上的照片看了一下，向我好奇地看了一眼，问了我一声到西班牙的目的，把我的姓名录到那本大册子中去，在护照上捺了印；接着，和我最初的印象相反地，他露出微笑来，把护照交还了我，依然微笑着对我说："西班牙是一个可爱的地方，到了那里你会不想回去呢。"

真的，西班牙是一个可爱的地方，连这个护照查验员也有他的固有的可爱的风味。

这样地，经过了一重木栅，我踏上了西班牙的土地。

过了这一重木栅，便好像一切都改变了：招纸、揭示牌都用西班牙文写着，那是不用说的，就是刚才在行李检查处和搬运夫用沉浊的法国南部语音开着玩笑的工人型的男子，这时也用清朗的加斯谛略语和一个老妇人交谈起来。天气是显然地起了变化，暗沉沉的天空已澄碧起来，而在云里透出来的太阳，也驱散了刚才的薄寒，而带来了温煦。然而最明显的改变却是在时间上。在下火车的时候，我曾经向站上的时钟望过一眼：六点零一分。检查行李，验护照等事，大概要花去我半小时，那么现在至少是要六点半了吧。并不如此。在西班牙的伊隆站的时钟上，时针明明地标记着五点半。事实是西班牙的时间和法兰西的时间因为经度的不同而相差一小时，而当时在我的印象中，却觉得西班牙是永远比法兰西年轻一点。

　　因为是五点半，所以除了搬运夫和洒扫工役已开始活动外，车站上还是冷清清的。卖票处、行李房、兑换处、书报摊、烟店等等都没有开，旅客也疏朗朗地没有几个。这时，除了枯坐在月台的长椅上或在站上往来蹀躞以外，你是没有办法消磨时间的。到浦尔哥斯的快车要在八点二十分才开。到伊隆镇上去走一圈呢，带着行李究竟不大方便，而且说不定要走多少路，再说，这样大清早就是跑到镇上也是没有什么多大意思的。因此，把行囊散在长椅上，我便在这个边境的车站上踱起来了。

　　如果你以为这个国境的城市是一个险要的地方，扼守着重兵，活动着国际间谍，压着国家的、军事的大秘密，那么你就错误了。这只是一个消失在比雷奈山边的西班牙的小镇而已。提着筐子，筐子里盛着鸡鸭，或是肩着箱笼，三三两两地来乘第一班火车的，是头上裹着包头布的山村的老妇人，面色黝黑的农民，白了头发的老匠人，像是学徒的孩子。整个西班牙小镇的灵魂都可以在这些小小的人物身上找到。而这个小小的车站，它也何尝不是十足西班牙底呢？灰色的砖石，黯黑的木柱子，已经有点腐蚀了的洋船遮檐，贴在墙上在风中飘着的斑驳的招纸，停在车站尽头处的铁轨上的破旧的货车：这一切都向你说着西班牙的式微、安命、坚忍。西德（Cid）的西班牙，侗黄（Don Juan）的西班牙，吉诃德（Quixote）的西班牙，大仲马或梅里美心目中的西班牙，现在都已过去了，或者竟可以说本来就没有存在过。

　　的确，西班牙的存在是多方面的。第一是一切旅行指南和游记中的西班牙，那就是说历史上的和艺术上的西班牙。这个西班牙浓厚地渲染着釉彩，充满了典型人物。在音乐上，绘画上，舞蹈上，文学上，西班牙都在这个面目之下出现于全世界，而做着它的正式代表。一般人对于西班牙的观念，也是由这个代表者而引起的。当人们提起了西班牙的时候，你立刻会想到蒲尔哥斯的大伽蓝，格腊拿达的大食故宫，斗牛，当歌舞（Tango），侗黄式的浪子，吉诃德式的梦想者！塞赖丝谛拿（La Celestina）式的老虔婆，珈尔曼①式的吉卜赛女子，扇子，披肩巾，罩在高冠上的遮面纱等，而勉强西班牙人做了你的想象底受难者；而当你到了西班牙而见不到那些开着悠久的岁月的绣花的陈迹、传说中的人物，以及你心目中的西班牙固有产物的时候，你会感到失望而作"去年白雪今安在"之喟叹。然而你要知道这是最表面的西班牙，它的实际的存在是已经在一片迷茫的烟雾之中，而行将只在书史和艺术作品中赓续它的生命了。西班牙的第二个存在是更卑微一点，更穆静一点。那便是风景的西班牙。的确，在整个欧罗巴洲之中，西班牙是风景最胜最多变化的国家。恬静而笼着雾和阴影的伐斯各尼亚，典雅而充溢着光辉的加斯谛拉，雄警而壮阔的昂达鲁西亚，煦和而明朗的伐朗西亚，会使人"感到心被窃获了"的清澄的喀达鲁涅。在西班牙，我们几乎可以看到欧洲每一个国家的典型。或则草木葱茏，山川明媚；或则大山峛崺，峭壁幽深；或则古堡荒寒，困焦幽

---

① 珈尔曼，现通译为嘉尔曼，为法国作家梅里美创作的小说，又名《卡门》。

独；或则千园澄碧，百里花香……这都是能使你目不暇给，而至于流连忘返的。这是更有实际的生命，具有易解性（除非是村夫俗子）而容易取好于人的西班牙。因为它开拓了你对于自然之美的爱好之心，而使你衷心地生出一种舒徐的、悠长的、寂寥的默想来。然而最真实的、最深沉的，因而最难以受人了解的却是西班牙的第三个存在。这个存在是西班牙的底奥，它蕴藏着整个西班牙，用一种静默的语言向你说着整个西班牙，代表着它的每日的生活，静默至于好像绝灭。可是如果你能够留意观察，用你的小心去理解，那么你就可以把握住这个卑微而静默的存在，特别是在那些小城中。这是一个式微的、悲剧的、现实的存在，没有光荣，没有梦想。现在，你在清晨或是午后走进任何一个小城去吧。你在狭窄的小路上，在深深的平静中徘徊着。阳光从静静的闭着门的阳台上坠下来，落着一个砌着碎石的小方场。什么也不来搅扰这寂静；街坊上的叫卖声在远处寂灭了，寺院的钟声已消沉下去了。你穿过小方场，经过一个作坊，一切任何作坊，铁匠底、木匠底或羊毛匠底。你伫立一会儿，看着他们带着那一种的热心、坚忍和爱操作着；你来到一所大屋子前面：半开着的门已朽腐了，门环上满是铁锈，涂着石灰的白墙已经斑驳或生满黑霉了，从门间，你望见了里面被野草和草苔所侵占了的院子。你当然不推门进去，但是在这墙后面，在这门里面，你会感到有苦痛、沉哀或不遂的愿望静静地躺着。你再走上去，街路上依然是沉静的，一个喷泉淙淙地响着，三两只鸽子振羽作声。一个老妇扶着一个女孩佝偻着走过。寺院的钟迟迟地响起来了，又迟迟地消歇了……这就是最深沉的西班牙，它过着一个寒碜、静默、坚忍而安命的生活，但是它却具有怎样的使人充塞了深深的爱的魅力啊。而这个小小的车站呢，它可不是也将这奥秘的西班牙呈显给我们看了吗？

当我在车站上来往蹀躞着的时候，我心中这样地思想着。在不知不觉之中，车站中已渐渐地有生气起来了。卖票处、烟摊、报摊，都已陆续地开了门，从镇上来的旅客们，也开始用他们的嘈杂的语音充满了这个小小的车站了。

我从我的沉思中走了出来，去换了些西班牙钱，到卖票处去买了里程车票，出来买了一份昨天的《太阳报》（El Sol），一包烟，然后回到安放着我的手提箱的长椅上去。

长椅上已有人坐着了，一个老妇人和几个孩子。一个、两个、三个、四个……一共是四个孩子。而且最大的一个十二岁的孩子，已经在开始一张一张地撕去那贴在我箱上的各地旅馆的贴纸了。我移开箱子坐了下来。这时候，便有两个在我看来很别致的人物出现了。

那是邮差、军人，和京戏上所见的文官这三种人物的混合体。他们穿着绿色的制服，佩着剑，头面上却戴着像乌纱帽一般的黑色漆布做的帽子。这制服的色彩和灰暗而笼罩着阴阴的尼斯各尼亚的土地以及这个寒碜的小车站显着一种异样的不调和，那是不用说的；而就是在一身之上，这制服、佩剑，和帽子之间，也表现着绝端的不一致。"这是西班牙固有的驳杂底一部分吧。"我这样想。

七点钟了。开到了一列火车，然而这是到桑当德尔（Santander）去的。火车开了，车站一时又清冷起来。要等到八点二十分呢。

我静穆地望着铁轨，目光随着那在初阳之下闪着光的两条铁路的线伸展过去，一直到了迷茫的天际；在那里，我的神思便飘举起来了。

西班牙的铁路
——西班牙旅行记之四

田野底青色小径上

铁的生客就要经过，

一只铁腕行将收尽

晨曦所播下的禾黍。

这是俄罗斯现代大诗人叶赛宁的诗句。当看见了俄罗斯的恬静的乡村一天天地被铁路所侵略，并被这个"铁的生客"所带来的近代文明所摧毁的时候，这位憧憬着古旧的、青色的俄罗斯，歌咏着猫、鸡、马、牛，以及整个梦境一般美丽的自然界的，俄罗斯的"最后的田园诗人"，便不禁发出这绝望的哀歌来，而终于和他的古旧的俄罗斯同归于尽。

和那吹着冰雪的风，飘着忧郁的云的俄罗斯比起来，西班牙的土地是更饶于诗情一点。在那里，一切都邀人入梦，催人怀古：一溪一石、一树一花、山头碉堡、风际牛羊……当你静静地观察着的时候，你的神思便会飞越到一个更迢遥更幽古的地方去，而感到自己走到了一种恍惚一般的状态之中去，走到了那些古诗人的诗境中去。

这种恍惚，这种清丽的或雄伟的诗境，是和近代文明绝缘的。让魏特曼或凡尔哈仑①去歌颂机械和近代生活吧，我们呢，我们宁可让自己沉浸在往昔的梦里。你要看一看在"铁的生客"未来到以前的西班牙吗？在《大食故宫余载》（一八三二）中，华盛顿·欧文这样地记着他从塞维拉到格腊拿达途中的风景的一个片段：

  ……见旧堡，遂徘徊于堡中久之。……堡踞小山，山趺瓜低拉河萦绕如带，河身非广，澌澌作声，绕堡而逝。山花覆水，红鲜欲滴。绿阴中间出石榴佛手之

---

① 魏特曼，现通译为惠特曼（1819—1892），美国诗人；凡尔哈仑，现通译为维尔哈伦（1855—1916），比利时法语诗人、剧作家、评论家。

树，夜莺嘤鸣其间，柔婉动听。去堡不远，有小桥跨河而渡；激流触石，直犯水礁。礁房环以黄石，即当日堡人用以屑面者。渔家巨网，晒堵黄石之墉；小舟横陈，即隐绿阴之下。村妇衣红衣过桥，倒影入水作绛色，渡过绿漪而没。余流连景光，恨不能画……（据林纾译文）

这是幽蒨的风光，使人流连忘返的；而在乔治·鲍罗①的《圣经在西班牙》（一八四三）中，我们又可以看到加斯谛尔平原的雄警壮阔的姿态：

这天酷热异常，于是我们便缓缓地在旧加斯谛尔的平原上取道前进。说起西班牙，旷阔和宏壮是总要联想起的：它的山岳是雄伟的，而它的平原也雄伟不少逊；它舒展出去，块圠无垠，但却也并不坦坦荡荡，满目荒芜，像俄罗斯的草原那样。崎岖垲埠的土地触目皆是：这里是寒泉所冲泻成的深涧和幽壑，那里是一个嶙峋而荒蛮的培塿，而在它的顶上，显出了一个寂寥的孤村。欣欣快乐的成分很少，而忧郁的成分却

---

① 乔治·鲍罗，现通译为乔治·博罗（1803—1881），英国作家。

很多。我们偶然可以看见有几个孤独的农夫，在田野间操作——那是没有分界的田野，不知橡树、榆树或槐树为何物，只有悒郁而悲凉的松树，在那里炫耀着它的金字塔一般的形式，而绿草也是找不到的。这些地域中的旅人是谁呢？大部分是驴夫，以及他们的一长列一长列系着单调地响着的铃子的驴子。……

在这样的背景上，你想吧，近代文明会呈显着怎样的丑陋和不调和，而"铁的生客"的出现，又会怎样地破坏了那古旧的山川天地之间相互的默契和熟稔，怎样地破坏了人和自然界之间的融和的氛围气！那爱着古旧的西班牙，带着一种深深的怅惘数说着它的一切往昔的事物的阿索林，在他的那本百读不厌的小书《加斯谛拉》中，把西班牙的历史缩成了三幅动人的画图——十六世纪的、十九世纪的和现代的——现在，我们展开这最后一幅画图来吧：

　　……那边，在地平线的尽头，那些映现在澄澈的天宇上的山岗，好像已经被一把刀所砍断了。一道深深的挺直的罅隙穿过了它们；从这罅隙间，在地上，两条又长又光亮的平行的铁条穿了出来，节节地越过了整个原野。立刻，在那些山岗的断处，显现出了一个小黑点：它动着，急骤地前进，一边在天上遗留下一长条的烟。它已来到平原上了。现在，我们看见一个奇特的铁车和它的喷出一道浓烟来的烟突，而在它的后面，我们看见了一列开着小窗的黑色的箱子，从那些小窗间，我们可以辨出许多男子的和妇女的脸儿来，每天早晨，这个铁车和它的那些黑色的箱子在远方现出来；它散播着一道道的烟，发着尖锐的啸声，急骤得使人目眩地奔跑着而进城市的一个近郊去……

铁路是在哪一种姿态之下在那古旧的西班牙出现，我们已可以在这幅画图中清楚地看到了。

的确，看见机关车的浓烟染黑了他们的光辉的和朦朦的风景，喧嚣的车声打破了他们的恬静，单调的铁轨毁坏了他们的山川的柔和或刚强的线条，西班牙人是怀着深深的遗憾的。西班牙的一切，从崚嶒的比雷奈山起一直到那伽尔陀思（Galedós）所谓"逐出外国的侵犯"的那种发着辛烈的臭味的煎油为止，都是抵抗着那现代文明的闯入的。所以，那"铁的生客"的出现，比在欧美各国都要迟一点，西班牙最早的几条铁路，从巴塞洛拿（Barcelona）到马达罗（Mataró）那条是在一八四八年建立的，从马德里到阿朗胡爱斯（Aranjuez）的那条更迟三年，是在一八五一年才筑成。而在建筑铁路之前，又是经过多少的困难和周折啊。

在一八三〇年，西班牙人已知道什么是铁路了。马尔赛里诺·加莱罗（Marcelino Calero）在一八三〇年出版了他的那本在英国印刷的，建筑一个从边境的海雷斯到圣玛丽港的铁路的计划书。在这本计划书后面，还附着一张地图和一幅插绘，是出自"拉蒙、赛沙、德、龚谛手笔"的。插绘上画着一列火车，喷着黑烟，驰行在海滨，而在海上，却航行着一只有着又高又细的烟筒的汽船。这插绘是有点幼稚的，然而它却至少带了一些火车的概念来给当时的西班牙人。加莱罗的这个计划没有实现，那是当然的事，然而在那些喜欢新的事物的人们间，火车便常被提到了。

七年之后，在一八三七年，季崖尔莫·罗佩（Guillermo Lobè）作了一次旅行，从古巴到美国，从美国又到欧洲。而在一八三九年，他在纽约出版了他的那部《在美国，法国和英国的旅行中给我的孩子们的书翰》。罗佩曾在美国和欧洲研究铁路，而在他的信上，铁路是常常讲到的。他希望西班牙全国都布满了铁路，然而他的愿望也没有很快地实现。以后，文人学士的关于铁路的记载渐渐地多起来了。在一八四一年美索奈罗·洛马诺思（Mesonero Romanos）

发表了他的《法比旅行回忆记》；次年，莫代思多·拉福安德（Modesto Lauyente）发表了他的《修士海龙第奥的旅行记》第二卷。这两部游记中对于铁路都有详细的叙述，而尤以后者为更精密而有系统。这两位游记的作者都一致地公认火车旅行的诗意（这是我们所难以领略的）。美索奈罗在他的记游文中描写着铁路的诗意底各方面，在白昼的或在黑夜的。而拉福安德也沉醉于车行中所见的光景。他写着："这是一幅绝世的惊人的画图；而在暗黑的深夜中看起来，那便千倍地格外有趣味，格外有诗意。"

然而，就在这一八四二年的三月十四日，当元老院开会议论开筑一条从邦泊洛拿经巴斯当谷通到法兰西去的普通官路的时候，那元老议员却说："我的意见是，我们永远无论如何也不应该弄平了比雷奈山；反之，我们应该在原来的比雷奈山上，再加上一重比雷奈山。"多少的西班牙人会同意于这个意见啊！

在一八四四年，西班牙著名的数学家玛里阿诺·伐烈何（Mriano Vallejo）出版了一本题名为《铁路的新建筑》的书。这位数学家是一位折中主义者。他愿望旅行运输的便利，但他也好像不大愿意机关车的黑烟污了西班牙的青天，不大愿意它的尖锐的汽笛声冲破了西班牙的原野的平静。我们的这位伐烈何主张仍旧用牲口去牵车子，只不过那车子是在铁轨上滑行着罢了。可是，这个计划也还是没有被采用。

从一八四五年起，西班牙筑铁路的计划渐次地具体化了。报纸上继续地论着铁路的利益，资本家踊跃地想投资，而一批一批的铁路专家技师，又被从国外聘请来。一八四五年五月三十日，马德里的《传声报》记载着阿维拉、莱洪、马德里铁路企业公司的主持者之一华尔麦思来（Sir J.Walmsley）抵京进行开筑铁路的消息；六月二十二日，马德里的《日报》上载着五位英国技师经过伐拉道里兹，测量从比尔鲍到马德里的铁路路线的消息；七月三日，《传声报》又公布了筑造法兰西西班牙铁路的计划，并说一个英国工程师的委员会，也已制成了路线的草案并把关于筑路的一切都筹划好了；而在九月十八日的《日报》上，我们又可以看到工程师勃鲁麦尔（Brumell）和西班牙北方皇家铁路公司的一行技师的到来。以后，这一类的消息还是不绝如缕，然而这些计划的实现却还需要许多岁月，还要经过十年，十五年，二十年。一八四八年巴塞洛拿和马达罗之间的铁路，一八五一年马德里和阿朗胡爱斯之间的铁路，只能算是一种好奇心的满足而已。

从这些看来，我们可以见到这"铁的生客"在西班牙是遇到了多么冷漠的款待，多么顽强的抵抗。那些生野的西班牙人宁可让自己深闭在他们的家园里（真的，西班牙是一个大园林），亲切地、沉默地看着那些熟稔的花开出来又凋谢，看着那些祖先所抚摩过的遗物渐渐地涂上了岁月的色泽；而对于一切不速之客，他们都怀着一种隐隐的憎恨。

现在，在我面前的这条从法兰西、西班牙的边境到马德里去的铁路，是什么时候完成的呢？这个文献我一时找不到。我所知道的是，一直到一八六〇年为止，这条路线还没有完工。一八五九年，阿尔都罗·马尔高阿尔都（Arturo Marcoartú）在他替《一八六〇闰年"伊倍里亚"政治文艺年鉴》所写的那篇关于铁路的文章中，这样地告诉我们：在一八五九年终，北方铁路公司已有六五〇基罗米突①的铁路正在筑造中；没有动工的尚有七十三基罗米突。

在我前面，两条平行的铁轨在清晨的太阳下闪着光，一直延伸出去，然后在天涯消隐了。现在，西班牙已不再拒绝这"铁的生客"了。它翻过了西班牙的重重的山峦，驰过了它的广阔的平原，跨过它的潺湲的溪涧、湛湛的江河，披拂着它的晓雾暮霭，掠过它的松树的针、白杨的叶、

---

① 基罗米突，即Kilometer的音译，千米。

橙树的花，喷着浓厚的黑烟，响着刺耳的汽笛声、隆隆的车轮声，每日地，在整个西班牙骤急地驰骋着了。沉在梦想中的西班牙人，你们感到有点轻微的怅惘吗，你们感到有点轻微的惋惜吗？

　　而我，一个东方古国的梦想者，我就要跟着这"铁的生客"，怀着进香者一般虔诚的心，到这梦想的国土中来巡礼了。生野的西班牙人，生野的西班牙土地，不要对我有什么顾虑吧。我只不过来谦卑地、小心地、静默地分一点你们的太阳、你们的梦，你们的怅惘和你们的惋惜而已。

再生的波兰

他们在瓦砾之中生长着，以防空洞为家，以咖啡店为办事处，食无定时，穿不称身的旧衣，但是他们却微笑着，骄傲地过着生活。

波兰的生活已慢慢地趋向正常了，但是这个过程却是痛苦的。混乱和破坏便是德国人在五年半的占领之后所留下的遗物。什么东西都必须从头做起。波兰好像是一片殖民的土地，必须要从一片空无所有的地方建立一个新的社会、一个经济秩序和一个政治行政。除此以外，带有一个附加的困难：德国人所播下的仇恨和猜疑的种子，必须连根铲除。

这里是几幅画像。在华沙区中，砖瓦工业已差不多完全破坏了，而华沙却急着需要砖瓦，因为它百分之八十五的房屋都已坍败了。第一件急务是重建砖瓦工业。那些未受损害的西莱细亚区域的工场，在战前每年能够出产七万万块砖瓦。它们可能立刻拿来用，但是困难却在运输上。铁路的货车已毁坏了，残余下多少交通材料尚待调查。政府想用汽车和运货汽车来补充。UNNRA①已经开始交货了，而且也答应得更多一点。

百分之六十的波兰面粉厂已变成瓦砾场了。政府感到重建它们的急要，现在已开始帮助它们重建了。在一万二十间面粉厂之中，二千间是由政府直接管理的——这些大都是被赶去了的德国人的产业。其余的面粉厂也由官方代管着，等待主有者来接收。

华沙是战争的最悲剧的城，又是世界上最古怪的城。在它的大街上走着的时候，你除了废墟之外什么也看不到。这座城好像是死去而没有鬼魂出没的；可是从这些废墟之间，却浮现出生活来，一种认真的，工作而吃苦的生活，但却也是一种令人惊奇的快乐的生活。

---

① 为联合国善后救济总署（United Nations Relief and Rehabilitation Administration）的简称。

你看见那些微笑的脸儿，忙碌的人物，跑来跑去的人。交通是十分不方便，少数的几架电车不符合市民的需要，所以停车站上都排着长长的队伍。

今日华沙的最动人的景象，也许就是废墟之间的咖啡店生活吧。化为一堆瓦砾的大厦，当你在旁边走过的时候，也许会辨认不出来吧。瓦砾已被清除了，十张桌子和四十张椅子，整整齐齐地安排在那往时的大厦的楼下一层的餐室中，门口挂着一块招牌，骄傲地宣称这是"巴黎咖啡店"。顾客们来来去去，侍者侍候他们，生活就回到了那废墟。在今日，这些咖啡店就是复活的华沙的象征。

人们住在地下防空洞临时搭的房间，或是郊外的避弹屋。这些住所是只适合度夜的，成千成万的人都把他们的日子消磨在咖啡店中。那些咖啡店，有时候是设在一所破坏了的屋子的最低一层，上面临时用木板或是洋铁皮遮盖着；有时设在那在轰炸中神奇地保全了的玻璃顶阳台上；但是大部分的咖啡店，却都是露天的。在那里，人们坐着谈天，讲生意，办公事。他们似乎很快乐，但是如果你听他们谈话，你可以听见他们在那儿抱怨。他们不满意建筑太慢，交通太不方便。

这种临时的咖啡店吸引了各色各样的顾客：贩子们兜人买自来水笔和旧衣服，孩子卖报纸，还有一种特别的人物，那就是专卖外国货币的人。什么事都有变通办法，如果有一件东西是无法弄得到的，只要一说出来，过了一小时你就可以弄到手。和咖啡店作竞争的，有店铺和摊位。只消在被炮火打得洞穿的墙上钉几块木牌，店铺就开出来了。那些招牌宣告了那些店铺的存在和性质："巴黎理发店"，"整旧如新，立等即有"，等等。在另一条街上，在破碎的玻璃后面，几枝花和一块招牌写着"小勃里斯多尔"——原来在旧日的华沙，勃里斯多尔饭店是最大的旅馆。

这便是街头的生活，但是微笑的脸儿却隐藏着无数的忧虑。人民的衣服都穿得很坏；在波兰全国，衣服和皮革都缺乏得很，许多人都穿着几年以前的旧衣服，用不论任何方法去聊以蔽体。有的人则买旧衣服来穿，也不管那些衣服称身不称身，袖短及肘，裤短及膝的，也是常见的了。

在生活的每一部门，都缺乏熟练的人手。医生非常稀少，而人民却急需医药。几年以来，他们都是营养不良而且常常生病。孩子们都缺乏维他命和医药。留在那里的医生都忙得不可开交，他们不得不去和希特勒的饥饿政策和缺乏卫生的后患斗争，然而人民却并不仅仅生活，他们还亲切而骄傲地生活。那最初在华沙行驶的电车都结满了花带。那些并不比摊子大一点的店铺都卖着花。在波兰，差不多已经有三十家戏院开门了，而克格哥交响乐队，也经常奏演了。

报纸、杂志和专门出版物，都渐渐多起来，但是纸张的缺乏却妨碍了出版界的发展。小学和大学都重开了，但是书籍和仪器却十分缺乏。

在波兰，差不多任何东西都是不够供应。物价是高过受薪阶层的购买力。运输的缺乏增加了食品分配的困难，但是工厂和餐室以及政府机关的食堂，却都竭力弥补这个缺陷。在波兰的经济机构中，是有着那么许多空洞，你刚补好了一个洞，另外五个洞又现出来了。经济的动机的操纵杆不能操纵自如，于是整部车子走几码就停下来了。

除了物质的需要之外，还有精神的不安。精确的估计算出，从一九三九年起，波兰死亡的总数有六百万人。现在还有成千成万的人，都还不知道自己的家属的存亡和命运。幸而人民的精神拯救了这个现状。他们泰然微笑地穿着他们不称身的衣服，吃着他们的不规则的饭食，忍受着物品的缺乏和运输的迟缓。他们已下了决心，要使波兰重新生活起来。

记都德的一个故居[①]

　　凡是读过阿尔封思·都德（Alphonse Daudet）的那些使人心醉的短篇小说和《小物件》的人，大概总记得他记叙儿时在里昂的生活的那几页吧。（按：《小物件》原名 *Le Petit Chose*，觉得还是译作《小东西》妥当。）

――――――――――

① 一九四五年四月二十二日《华侨日报·文艺周刊》（第六十四期）本文以《巴巴罗特的屋子——记都德的一个故居》为题再次发表，文字略有修润，并加尾注：《磨坊文札》有成绍宗先生全译本；《月曜故事》未有全译，胡适先生曾从此集译过《最后一课》等名篇；《小物件》有李劼人先生译本（鄙意《小物件》不如译为《小东西》更好）。此外王实味先生译有《萨芙》，李劼人先生译有《达哈士孔的狒狒》，罗玉君先生译有《婀丽女郎》，都是都德的名著。都德的文章轻松流畅，读之如闻其声，如见其人，而我国各译本均不得保持这种长处，颇为憾事。

都德的家乡本来是尼麦，因为他父亲做生意失败了，才举家迁移到里昂去。他们之所以选了里昂，无疑因为它是法国第二大名城，对于重兴家业是很有希望的。所以，在一八四九年，那父亲万桑·都德（Vincent Daudet）便带着他的一家子，那就是说他的妻子，他的三个儿子，他的女儿阿娜，和那就是没有工钱也愿意跟着老东家的忠心的女仆阿奴，从尼麦搭船顺着罗纳河来到了里昂。这段路竟走了三天。在《小物件》中，我们可以看见他们到里昂时的情景：

在第三天傍晚，我以为我们要淋一阵雨了。天突然阴暗起来，一片浓浓的雾在河上飘舞着。在船头上，已点起了一盏大灯，真的：看到这些兆头，我着急起来了……在这个时候，有人在我旁边说："里昂到了！"同时，那个大钟敲了起来。这就是里昂。

里昂是多雾出名的，一年四季晴朗的日子少，阴霾的日子多，尤其是入冬以后，差不多就终日在黑沉沉的冷雾里度生活，一开窗雾就往屋子里扑，一出门雾就朝鼻子里钻，使人好像要窒息似的。在《小物件》里，我们可以看到都德这样说：

我记得那罩着一层烟煤的天，从两条河上升起来的一片永恒的雾。天并不下雨，它下着雾，而在一种软软的氛围气中，墙壁淌着眼泪，地上出着水，楼梯的扶手摸上去黏。居民的神色、态度、语言，都觉得空气潮湿的意味。

　　一到了这个雾城之后，都德一家就住到拉封路去。这是一条狭小的路，离罗纳河不远，就在市政厅西面。我曾经花了不少的时间去找，问别人也不知道，说出是都德的故居也摇头。谁知竟是一条阴暗的陋巷，还是自己瞎撞撞到的。

　　那是一排很俗气的屋子，因为街道狭的缘故，里面暗是不用说，路是石块铺的，高低不平，加之里昂那种天气，晴天也像下雨，一步一滑，走起来很吃劲。找到了那个门口，以为会柳暗花明又一村，却仍然是那股俗气：一扇死板板的门，虚掩着，窗子上倒加了铁栅，黝黑的墙壁淌着泪水，像都德所说的一样。伸出手去摸门，居然是黏的。这就是都德的一个故居！而他们竟在这里住了三年。

　　这就是《小物件》里所说的"偷油婆婆"（Babarotte）的屋子。所谓"偷油婆婆"者，是一种跟蟑螂类似的虫，大概出现在厨房里，而在这所屋里它们四处地爬。我们看都德怎样说吧：

在拉封路的那所屋子里，当那女仆阿奴安顿到她的厨房里的时候，一跨进门槛就了一声急喊："偷油婆婆！偷油婆！"我们赶过去。怎样的一种光景啊！厨房里满是那些坏虫子。在碗橱上，墙上，抽屉里，在壁炉架上，在食橱上，什么地方都有！我们不存心地踏死它们。噗！阿奴已经弄死了许多只了，可是她越是弄死它们，它们越是来。它们从洗碟盆的洞里来，我们把洞塞住了，可是第二天早上，它们又从别一个地方来了……

而现在这个"偷油婆婆"的屋子就在我面前了。

在这"偷油婆婆"的屋子里，都德一家六口，再加上一个女仆阿奴，从一八四九年一直住到一八五一年。在一八五一年的户口调查表上，我们看到都德的家况：

万桑·都德，业布匹印花，四十三岁；阿黛琳·雷诺，都德妻，四十四岁；曷奈思特·都德，学生，十四岁；阿尔封思·都德，学生，十一岁；阿娜·都德，幼女，三岁；昂利·都德，学生，十九岁。

昂利是要做教士的，他不久就到阿里克斯的神学校读书去了。他是早年就夭折了的。在《小物件》中，你们大概总还记得写这神学校生徒的死的那动人的一章吧："他死了，替他祷告吧。"

在那张户口调查表上，在都德家属以外，还有这么怕"偷油婆婆"的女仆阿奴："阿奈特·特兰盖，女仆，三十三岁。"

万桑·都德便在拉封路上又重理起他的旧业来，可是生活却很困难，不得不节衣缩食，用尽方法减省，阿尔封思被送到圣别尔代戴罗的唱歌学校去，葛奈思特在里昂中学里读书，不久阿尔封思也改进了这个学校。后来阿尔封思得到了奖学金，读得毕业，而那做哥哥的葛奈思特，却不得不因为家境困难的关系，辍学去帮助父亲挣那一份家。关于这些，《小物件》中自然没有，可是在葛奈思特·都德的一本回忆记《我的弟弟和我》中，却记载得很详细。

现在，我是来到这消磨了那《磨坊文札》的作者一部分的童年的所谓"偷油婆婆"的屋子前面了。门是虚掩着。我轻轻地叩了两下，没有人答应。我退后一步，抬起头来，向靠街的楼窗望上去：窗闭着，我看见静静的窗帷，白色的和淡青色的。而在大门上面和二层楼的窗下，我又看到了一块石头的牌子，它告诉我这位那么优秀的作家曾在这儿住过，像我所知道的一样。我又走上前面叩门，这一次是重一点了，但还是没有人答应。我伫立着，等待什么人出来。

我听到里面有轻微的脚步声慢慢地近来，一直到我的面前。虚掩着的门开了，但只是一半；从那里，探出了一个老妇人的皱瘪的脸儿来，先把我从头到脚打量了一番。

"先生，你找谁?"她然后这样问。

我告诉她我并不找什么人，却是想来参观一下一位小说家的旧居。那位小说家就是阿尔封思·都德，在八十多年前，曾在这里的四层楼上住过。

"什么，你来看一位在八十多年前住在这儿的人!"她怀疑地望着我。

"我的意思是说想看看这位小说家住过的地方。譬如说你老人家从前住在一个什么城里，现在经过这个城，去看看你从前住过的地方怎样了。我呢，我读过这位小说家的书，知道他在这里住过，顺便来看看，就是这个意思!"

"你说哪一个小说家?"

"阿尔封思·都德。"我说。

"不知道。你说他从前住在这里的四层楼上?"

"正是，我可以去看看吗？"

"这办不到，先生，"她断然地说，"那里有人住着，是盖奈先生。再说你也看不到什么，那是很普通的几间屋子。"

而正当我要开口的时候，她又打量了我一眼，说：

"对不起，先生，再见。"就缩进头去，把门关上了。

我踌躇了一会儿，又摸了一下发黏的门，望了一眼门顶上的石牌，想着里昂人的纪念这位大小说家只有这一片顽石，不觉有点怅惘，打算走了。

可是在这时候，天突然阴暗起来，我急速向南靠罗纳河那面走出这条路去：天并不下雨，它又在那里下雾了，而在罗纳河上，我看见一片浓浓的雾飘舞着，像在一八四九年那幼小的阿尔封思·都德初到里昂的时候一样。

巴黎的书摊

在滞留巴黎的时候，在羁旅之情中可以算做我的赏心乐事的有两件：一是看画，二是访书。在索居无聊的下午或傍晚，我总是出去，把我迟迟的时间消磨在各画廊中和河沿上的。关于前者，我想在另一篇短文中说及，这里，我只想来谈一谈访书的情趣。

其实，说是"访书"，还不如说在河沿上走走或在街头巷尾的各旧书铺进出而已。我没有要觅什么奇书孤本的蓄心，再说，现在已不是在两个铜元一本的木匣里翻出一本 *Pâtissier Francais* 的时候了。我之所以这样做，无非为了自己的癖好，就是摩挲观赏一回空手而返，私心也是很满足的，况且薄暮的塞纳河又是这样地窈窕多姿！

我寄寓的地方是 Rue de L'Echaudé，走到塞纳河边的书摊，只须沿着塞纳路步行约摸三分钟就到了。但是我不大抄这近路，这样走的时候，塞纳路上的那些画廊总会把我的脚步牵住的，再说，我有一个从头看到尾的癖，我宁可兜远路顺着约可伯路、大学路一直走到巴克路，然后从巴克路走到王桥头。

　　塞纳河左岸的书摊，便是从那里开始的，从那里到加路赛尔桥，可以算是书摊的第一个地带，虽然位置在巴黎的贵族的第七区，却一点也找不出冠盖的气味来。在这一地带的书摊，大约可以分这几类：第一是卖廉价的新书的，大都是各书店出清的底货，价钱的确公道，只是要你会还价，例如旧书铺里要卖到五六百法郎的勒纳尔（J. Renard）的《日记》，在那里你只须花二百法郎光景就可以买到，而且是崭新的。我的加梭所译的赛尔房德思的《模范小说》，整批的《欧罗巴杂志丛书》，便都是从那儿买来的。这一类书在别处也有，只是没有这一带集中吧。其次是卖英文书的，这大概和附近的外交部或奥莱昂车站多少有点关系吧。可是这些英文书的买主却并不多，所以花两三个法郎从那些冷清清的摊子里把一本初版本的《万牲园里的一个人》带回寓所去，这种机会，也是常有的。第三是卖地道的古版书的，十七世纪的白羊皮面书，十八世纪饰花的皮脊书等，都小心地盛在玻璃的书柜里，上了锁，不能任意地翻看，其他价值较次的古书，则杂乱地在木匣中堆积着。对着这一大堆你挨我挤着的古老的东西，真不知道如何下手。这种书摊前比较热闹一点，买书的大多数是中年人或老人。这些书摊上的书，如果书摊主是知道值钱的，你便会被他敲了去，如果他不识货，你便占了便宜来。我曾经从那一带的一位很精明的书摊老板手里，花了五个法郎买到一本一七六五年初版本的Du Laurens的 *Imirce*，至今犹有得意之色：第一因为 *Imirce* 是一部禁书，其次这价钱实在太便宜也。第四类是卖淫书的，这种书摊在这一带上只有一两个，而所谓淫书者，实际也仅仅是表面的，骨子里并没有什么了不得，大都是现代人的东西，写来骗骗人的。记得靠近王桥的第一家书摊就是这一类的，老板娘是一个四五十岁的虔婆，当我有一回逗留了一下的时候，她就把我当做好主顾而怂恿我买，使我留下极坏的印象，以后就敬而远之了。其实那些地道的"珍秘"的书，如果你不愿出大价钱，还是要费力气角角落落去寻的，我曾在一家犹太人开的破货店里一大堆废书中，翻到过一本原文的Cleland的 *Fonny Hill*，只出了一个法郎买回来，真是意想不到的事。

从加路赛尔桥到新桥，可以算是书摊的第二个地带。

在这一带，对面的美术学校和钱币局的影响是显著的。在这里，书摊老板是兼卖板画图片的，有时小小的书摊上挂得满目琳琅，原张的蚀雕，从书本上拆下的插图，戏院的招贴，花卉鸟兽人物的彩图，地图、风景片，大大小小各色俱全，反而把书列居次位了。在这些书摊上，我们是难得碰到什么值得一翻的书的，书都破旧不堪，满是灰尘，而且有一大部分是无用的教科书，展览会和画商拍卖的目录。此外，在这一带我们还可以发现两个专卖旧钱币纹章等而不卖书的摊子，夹在书摊中间，作一个很特别的点缀。这些卖画卖钱币的摊子，我总是望望然而去之的，（记得有一天一位法国朋友拉着我在这些钱币摊子前逗留了长久，他看得津津有味，我却委实十分难受，以后到河沿上走，总不愿和别人一道了。）然而在这一带却也有一两个很好的书摊子。一个摊子是一个老年人摆的，并不是他的书特别比别人丰富，却是他为人特别和气，和他交易，成功的回数居多。我有一本高克多（Cocteau）亲笔签字赠给诗人费尔囊·提华尔（Fernand Divoire）的 *Le Grand Ecart*，便是从他那儿以极廉的价钱买来的，而我在加里马尔书店买的高克多亲笔签名赠给诗人法尔格（Fargue）的初版本 *Opéra*，却使我花了七十法郎。但是我相信这是他错给我的，因为书是用蜡纸包封着，他没有拆开来看一看；看见了那献辞的时候，他也许不会这样便宜卖给我。另一个摊子是一个青年人摆的，书的选择颇精，大都是现代作品的初版和善本，所以常常得到我的光顾。我只知道这青年人的名字叫昂德莱，因为他的同行们这样称呼他，人很圆滑，自言和各书店很熟，可以弄得到价廉物美的后门货，如果顾客指定要什么书，他都可以设法。可是我请他弄一部《纪德全集》，他始终没有给我办到。

可以划在第三地带的是从新桥经过圣米式尔场到小桥这一段。这一段是塞纳河左岸书摊中的最繁荣的一段。在这一带，书摊比较都整齐一点，而且方面也多一点，太太们家里没事想到这里来找几本小说消闲，也有；学生们贪便宜想到这里来买教科书参考书，也有；文艺爱好者到这里来寻几本新出版的书，也有；学者们要研究书，藏书家要善本书，猎奇者要珍秘书，都可在这一带获得满意而回。在这一带，书价是要比他处高一些，然而总比到旧书铺里去买便宜。健吾兄①觅了长久才在圣米式尔场的一家旧书店中觅到了一部《龚果尔日记》，花了六百法郎喜欣欣的捧了回去，以为便宜万分，可是在不久之后我就在这一带的一个书摊上发现了同样的一部，而装订却考究得多，索价就

① 即李健吾（1906—1982），作家、翻译家，笔名刘西渭。

只要二百五十法郎，使他悔之不及。可是这种事是可遇而不可求的，跑跑旧书摊的人第一不要抱什么一定的目的，第二要有闲暇有耐心，翻得有劲儿便多翻翻，翻倦了便看看街头熙来攘往的行人，看看旁边塞纳河静静的逝水，否则跑得腿酸汗流，眼花神倦，还是一场没结果回去。话又说远了，还是来说这一带的书摊吧。我说这一带的书较别带为贵，也不是胡说的，例如整套的 *Echanges* 杂志，在第一地带中买只须十五个法郎，这里却一定要二十个，少一个不卖；当时新出版原价是二十四法郎的 Céline 的 *Voyage au bout de la nuit*，在那里买也非十八法郎不可，竟只等于原价的七五折。这些情形有时会令人生气，可是为了要读，也不得不买回去。价格最高的是靠近圣米式尔场的那两个专卖教科书参考书的摊子。学生们为了要用，也不得不硬了头皮去买，总比买新书便宜点。我从来没有做过这些摊子的主顾，反之他们倒做过我的主顾。因为我用不着的参考书，在穷极无聊的时候总是拿去卖给他们的。这里，我要说一句公平话：他们所给的价钱的确比季倍尔书店高一点。这一带专卖近代善本书的摊子只有一个，在过了圣米式尔场不远快到小桥的地方。摊主是一个不大开口的中年人，价钱也不算顶贵，只是他一开口你就莫想还价：就是答应你还也是相差有限的，所以看着他陈列着的《泊鲁思特全集》①，插图的《天方夜谭》全译本，Chirico 插图的阿保里奈尔的 *Calligrammes*②，也只好眼红而已。在这一带，诗集似乎比别处多一些，名家的诗集花四五个法郎就可以买一册回去，至于较新一点的诗人的集子，你只要到一法郎或甚至五十生丁的木匣里去找就是了。我的那本仅印百册的 Jean Gris 插图的 Reverdy 的《沉睡的古琴集》，超现实主义诗人 Gui Rosey 的《三十年战争集》，等等，便都是从这些廉价的木匣子里翻出来的。还有，我忘记说了，这一带还有一两个专卖乐谱的书铺，只是对于此道我是门外汉，从来没有去领教过罢了。

从小桥到须里桥那一段，可以算是河沿书摊的第四地带，也就是最后的地带。从这里起，书摊便渐渐地趋于冷落了。在近小桥的一带，你还可以找到一点你所需要的东西，例如有一个摊子就有大批 N. R. F. 和 Crasset 出版的书，可是那位老板娘讨价却实在太狠，定价十五法郎的书总要讨你十二三个法郎，而且又往往要自以为在行，凡是她心目中的现代大作家，如摩里阿克、摩洛阿、爱眉

---

① 《泊鲁斯特全集》，即《普鲁斯特全集》，普鲁斯特（1871—1922），法国小说家。

② 阿保里奈尔，现通译为阿波利奈尔（1880—1918），法国诗人，*Calligrammes* 为阿波利奈尔于1918年出版的诗集《图像诗》。

（Aymé）等，就要敲你一笔竹杠，一点也不肯让价；反之，像拉尔波、茹昂陀、拉第该、阿朗等优秀作家的作品，她倒肯廉价卖给你。从小桥一带再走过去，便每况愈下了。起先是虽然没有什么好书，但总还能维持河沿书摊的尊严的摊子，以后呢，卖破旧不堪的通俗小说杂志的也有了，卖陈旧的教科书和一无用处的废纸的也有了，快到须里桥那一带，竟连卖破铜烂铁、旧摆设、假古董的也有了；而那些摊子的主人呢，他们的样子和那在下面塞纳河岸上喝劣酒，钓鱼或睡午觉的街头巡阅使（Clochard），简直就没有什么大两样。到了这个时候，巴黎左岸书摊的气运已经尽了，你的腿也走乏了，你的眼睛也看倦了，如果你袋中尚有余钱，你便可以到圣日耳曼大街口的小咖啡店里去坐一会儿，喝一杯儿热热的浓浓的咖啡，然后把你沿路的收获打开来，预先摩挲一遍，否则如果你已倾了囊，那么你就走上须理桥去，倚着桥栏，俯看那满载着古愁并饱和着圣母祠的钟声的，塞纳河的悠悠的流水，然后在华灯初上之中，闲步缓缓归去，倒也是一个经济而又有诗情的办法。

　　说到这里，我所说的都是塞纳河左岸的书摊，至于右岸的呢，虽则有从新桥到沙德莱场，从沙德莱场到市政厅附近这两段，可是因为传统的关系，因为所处的地位的关系，也因为货色的关系，它们都没有左岸的重要。只在走完了左岸的书摊尚有余兴的时候或从卢佛尔（Louvre）出来的时候，我才顺便去走走，虽然间有所获，如查拉的 *L'homme approximatif* 或卢梭（Henri Rousseau）的画集，但这是极其偶然的事；通常，我不是空手而归，便是被那街上的鱼虫花鸟店所吸引了过去。所以，原意去"访书"而结果买了一头红颈雀回来，也是有过的事。

记马德里的书市

无匹的散文家阿索林，曾经在一篇短文中，将法国的书店和西班牙的书店，作了一个比较。他说：

在法兰西，差不多一切书店都可以自由地进去，行人可以披览书籍而并不引起书贾的不安；书贾很明白，书籍的爱好者不必常常要购买，而他的走进书店去，目的也并不是为了买书；可是，在翻阅之下，偶然有一部书引起了他的兴趣，他就买了它去。在西班牙呢，那些书店都像神圣的圣体龛子那样严封密闭着，而一个陌生人走进书店里去，摩挲书籍，翻阅一会儿，然而又从来路而去这等的事，那简直是荒诞不经，闻所未闻的。

阿索林对于他本国书店的批评，未免过分严格一点。巴黎的书店也尽有严封密闭着，像右岸大街的一些书店那样，而马德里的书店之可以进出无人过问翻看随你的，却也不在少数。如果阿索林先生愿意，我是很可以举出这两地的书店的名称来作证的。

公正地说，法国的书贾对于顾客的心理研究得更深切一点，他们知道，常常来翻翻看看的人，临了总会买一两本回去的；如果这次不买，那么也许是因为他对于那本书的作者还陌生，也许他觉得那版本不够好，也许他身边没有带够钱，也许他根本只是到书店来消磨一刻空闲的时间。而对于这些人，最好的办法是不理不睬，由他去翻看一个饱。如果殷勤招待、问长问短，那就反而招致他们的麻烦，因而以后就不敢常常来了。

的确，我们走进一家书店去，并不像那些学期开始时抄好书单的学生一样，先有了成见要买什么书的。我们看看某个出版社或某个作家是不是有新书出版；我们看看那已在报上刊出广告来的某一本书，内容是否和书评符合；我们把某一部书的版本，和我们已有的同一部书的版本作一个比较；或仅仅是我们约了一位朋友在三点钟会面，而现在只是两点半。走进一家书店去，在我们就像别的人踏进一家咖啡店一样，其目的并不在喝一杯苦水也，因此我们最怕主人的殷勤。第一，他分散了你的注意力，使你不得不想出话去应付他；其次，他会使你警悟到一种歉意，觉得这样非买一部书不可。这样，你全部的闲情逸致就给他们一扫而尽了。你感到受人注意着，监视着，感到担着一重义务，负着一笔必须偿付的债了。

西班牙的书店之所以受阿索林的责备，其原因就是他们不明顾客的心理。他们大都是过分殷勤讨好。他们的态度是没有恶意的，然而对于顾客所生的效果，却适得其反。记得一九三四年在马德里的时候，一天闲着没事，到最大的"爱斯巴沙加尔贝书店"去浏览，一进门就受到殷勤的店员招待，陪着走来走去，问长问短，介绍这部，推荐那部，不但不给一点空闲，连自由也没有了。自然不好意思不买，结果选购了一本廉价的奥尔德加伊加赛德①的小书，满身不舒服地辞了出来。自此以后，就不敢再踏进门槛去了。

在"文艺复兴书店"也遇到类似的情形，可是那次却

———————————

① 奥尔德加伊加赛德，现通译为奥特加·伊·加塞特（1883—1955），西班牙思想家。

是硬着头皮一本也不买走出来的。而在马德里我买书最多的地方，却反而是对于主顾并不殷勤招待的圣倍拿陀大街的"迦尔西亚书店"，王子街的"倍尔特朗书店"，特别是"书市"。

"书市"是在农工商部对面的小路沿墙一带。从太阳门出发，经过加雷达思街，沿着阿多恰街走过去，走到南火车站附近，在左面，我们碰到了那农工商部，而在这黑黝黝的建筑的对面小路口，我们就看到了几个黑墨写着的字：La Feria de los Libros，那意思就是"书市"。在往时，据说这传统的书市是在农工商部对面的那一条宽阔的林荫道上的，而我在马德里的时候，它却的确移到小路上去了。

这传统的书市是在每年的九月下旬开始，十月底结束的。在这些秋高气爽的日子，到书市中去漫走一下，寻寻，翻翻，看看那些古旧的书，褪了色的版画，各色各样的印刷品，大概也可以算是人生的一乐吧。书市的规模并不大，一列木板盖搭的，肮脏、零乱的小屋，一共有十来间。其中也有一两家兼卖古董的，但到底卖书的还是占着极大的多数。而使人更感到可喜的，便是我们可以随便翻看那些书而不必负起任何购买的义务。

新出版的诗文集和小说，是和羊皮或小牛皮封面的古本杂放在一起。当你看见圣女戴蕾沙的《居室》和共产主义诗人阿尔倍谛的诗集对立着，古代法典《七部》和《马德里卖淫业调查》并排着的时候，你一定会失笑吧。然而那迷人之处，却正存在于这种杂乱和漫不经心之处。把书籍分门别类，排列得整整齐齐，固然能叫人一目了然，但是这种安排却会使人望而却步，因为这样就使人不敢随便抽看，怕捣乱了人家固有的秩序；如果本来就是这样乱七八糟的，我们就百无禁忌了。再说，旧书店的妙处就在其杂乱，杂乱而后见繁复，繁复然后生趣味。如果你能够从这一大堆的混乱之中发现一部正是你踏破铁鞋无觅处的书来，那是怎样大的喜悦啊！

书价低廉是那里的最大的长处。书店要卖七个以至十个贝色达的新书，那里出两三个贝色达就可以携归了。寒斋的阿耶拉全集，阿索林、乌拿莫诺、巴罗哈、瓦利英克朗、米罗等现代作家的小说和散文集，洛尔迦、阿尔倍谛、季兰、沙里纳思等当代诗人的诗集，珍贵的小杂志，都是从那里陆续购得的。我现在也还记得那第三间小木舍的被人叫做华尼多大叔的须眉皆白的店主。我记得他，因为他的书籍的丰富，他的态度的和易，特别是因为那个坐在书城中，把青春的新鲜和故纸的古老成着奇特的对比的，张着青色忧悒的大眼睛望着远方的云树的，他的美丽的孙女儿。

我在马德里的大部分闲暇时间，甚至在革命发生，街头枪声四起，铁骑纵横的时候，也都是在那书市的故纸堆里消磨了的。在傍晚，听着南火车站的汽笛声，踏着疲倦的步子，臂间夹着厚厚的已绝版的赛哈道的《赛尔房德思辞典》或是薄薄的阿尔陀拉季雷的签字本诗集，慢慢地沿着灯光已明的阿多恰大街，越过熙来攘往的太阳门广场，慢慢地踱回寓所去对灯披览，这种乐趣恐怕是很少有人能够领略的吧。

然而十月在不知不觉之中快流尽了。树叶子开始凋零，夹衣在风中也感到微寒了。马德里的残秋是忧郁的，有几天简直不想闲逛了。公寓生活是有趣的，和同寓的大学生聊聊天，和舞姬调调情，就很快地过了几天。接着，有一天你打叠起精神，再踱到书市去，想看看有什么合意的书，或仅仅看看那青色的忧悒的大眼睛。可是，出乎意外地，那些小木屋都已紧闭着门了。小路显得更宽敞一点，更清冷一点，南火车站的汽笛声显得更频繁而清晰一点。而在路上，凋零的残叶夹杂着纸片书页，给冷冷的风寂寞地吹了过来，又寂寞地吹了过去。

香港的旧书市

这里有生意经，也有神话。

香港人对于书的估价，往往是会使外方人吃惊的。明清善本书可以论斤称，而一部极平常的书却会被人视为稀世之珍。一位朋友告诉我，他的亲戚珍藏着一部《中华民国邮政地图》，待价而沽，须港币五千元（合国币四百万元）方肯出让。这等奇闻，恐怕只有在那个小岛上听得到吧。版本自然更谈不到，"明版康熙字典"一类的笑谈，在那里也是家常便饭了。

这样的一个地方，旧书市的性质自然和北平、上海、苏州、杭州、南京等地不同，不但是规模的大小而已，就连收买的方式和售出的对象，也都有很大的差别。那里卖旧书的仅是一些变相的地摊，沿街靠壁钉一两个木板架子，搭一个避风雨的遮棚，如此而已。收书是论斤断秤的，道林纸和报纸印的书每斤出价约港币一二毫，而全张报纸的价钱却反而高一倍；有硬面书皮的洋装书更便宜一点，因为纸板"重秤"，中国纸的线装书，出到一毫一斤就是最高的价钱了。他们比较肯出价钱的倒是学校用的教科书、簿记学书、研究养鸡养兔的书等，因为要这些书的人是非购不可的，所以他们也就肯以高价收入了。其次是医科和工科用书，为的是转运内地可以卖很高的价钱。此外便剩下"杂书"，只得卖给那些不大肯出钱的他们所谓"藏家"和"睇家"了。他们最大的主顾是小贩。这并不是说香港小贩最深知读书之"实惠"的人，在他们是无足重轻的。

旧书摊最多的是皇后大道中央戏院附近的楼梯街，现在共有五个摊子。从大道拾级上去，左第一家是"龄记"，管摊的是一个十余岁的孩子（他父亲则在下面一点公厕旁边摆废纸摊），年纪最小，却懂得许多事。著《相对论》的是爱因斯坦，歌德是德国大文豪，他都头头是道。日寇占领香港后，这摊子收到了大批德日文学书，现在已卖得一本也不剩，又经过了一次失窃，现在已没有什么好东西了。隔壁是"焯记"，摊主是一个老实有礼貌的中年人，专卖中国铅印书，价钱可不便宜，不看也没有什么关系。他对面是"季记"，管摊的是姐妹二人。到底是女人，收书、卖书都差点功夫。虽则有时能看顾客的眼色和态度见风使舵，可是索价总嫌"离谱"（粤语不合分寸）一点。从前还有一些四部丛刊零本，现在却单靠卖教科书和字帖了。"季记"隔壁本来还有"江培记"，因为生意不好，已把存货称给鸭巴甸街的"黄沛记"，摊位也顶给卖旧铜烂铁的了。上去一点，在摩罗街口，是"德信书店"，虽号称书店，却仍旧还是一个摊子。主持人是一对少年夫妇，书相当多，可是也相当贵。他以为是好书，就一分钱也不让价，反之，没有被他注意的书，讨价之廉竟会使人不相信。"格吕尼"版的波德莱尔的《恶之花》和韩波①的《作品集》，两册只讨港币一元，希米忒的《莎士比亚字典》会论斤称给你，这等事在我们看来，差不多有点近乎神话了。"德信书店"隔壁是"华记"。虽则摊号仍是"华记"，老板却已换过了。原来的老板是一家父母兄弟四人，在沦陷期中旧书全盛时代，他们在楼梯街竟拥有两个摊子之多。一个是现在这老地方，一个是在"焯记"隔壁，现在已变成旧衣摊了。因为来路稀少，顾客不多，他们便把滞销的书盘给了现在的管摊人，带着好销一些的书到广州去开店了，听说生意还不错呢。

---

① 韩波，现通译为兰波（1854—1891），法国诗人。

现在的"华记"已不如从前远甚，可是因为地利的关系（因为这是这条街第一个摊子，经荷里活道拿下旧书来卖的，第一先经过他的手，好的便宜的，他有选择的优先权），有时还有一点好东西。

在楼梯街，当你走到了"华记"的时候，书市便到了尽头。那时你便向左转，沿着荷里活道走两三百步，于是你便走到鸭巴甸街口。

鸭巴甸街的书摊名声还远不及楼梯街的大，规模也比较小一点，书类也比较新一点。可是那里的书，一般地说来，是比较便宜点。下坡左首第一家是"黄沛记"，摊主是世业旧书的，所以对于木版书的知识，是比其余的丰富得多，可是对于西文书，就十分外行了。在各摊中，这是取价最廉的一个。他抱着薄利多销主义，所以虽在米珠薪桂的时期，虽则有八口之家，他还是每餐可以饮二两双蒸酒。可是近来他的摊子上也没有什么书，只剩下大批无人过问的日文书，和往日收下来的瓷器古董了。"黄沛记"对面是"董莹光"，也是鸭巴甸街的一个老土地，可是人们却称呼它为"大光灯"。大光灯意思就是煤油打气灯。因为战前这个摊子除了卖旧书以外还出租煤油打气灯。那些"大光灯"现在已不存在了，而这雅号却留了下来。"大光灯"的书本来是不贵的，可是近来的索价却大大地"离谱"。据内中人说，因为有几次随便开了大价，居然有人照付了，他卖出味道来，以后就一味地上天讨价了。从"董莹光"走下几步，开在一个店铺中的，是"萧建英"。如果你说他是书摊，他一定会跳起来，因为在楼梯街和鸭巴甸街这两条街上，他是唯一有店铺的——虽则是极其简陋的店铺。管店的是兄弟二人。那做哥哥的人称之为"高佬"，因为又高又瘦。他从前是送行情单的，路头很熟，现在也差不多整天不在店，却四面奔走着收书。实际上在做生意的是他的十四五岁的弟弟。虽则还是一个孩子，做生意的本领却比哥哥更好，抓定了一个价钱之后，你就莫想他让一步。所以你想便宜一点，还是和"高佬"相商。因为"高佬"收得勤，书摊是常常有新书的。可是，近几月以来，因为来源涸绝，不得不把店面的一半分租给另一个专卖翻版书的摊子了。

在现在的"萧建英"斜对面，战前还有一家"民生书店"，是香港唯一专卖线装古书的书店，而且还代顾客装潢书籍号书根。工作不能算顶好，可是在香港却是独一无二的。不幸在香港沦陷后就关了门，现在，如果在香港想补裱古书，除了送到广州去以外就毫无办法了。

鸭巴甸街的书摊尽于此矣，香港的书市也就到了尽头了。此外，东碎西碎还有几家书摊，如中环街市旁以卖废纸为主的一家，西营盘兼卖教科书的"肥林"，跑马地黄泥甬道以租书为主的一家，可是绝少有可买的书，奉劝不必劳驾。再等而下之，那就是禧利街晚间的地道的地摊子了。

山居杂缀

山　风

　　窗外，隔着夜的帡幪，迷茫的山岚大概已把整个峰峦笼罩住了吧。冷冷的风从山上吹下来，带着潮湿，带着太阳的气味，或是带着几点从山涧中飞溅出来的水，来叩我的玻璃窗了。

　　敬礼啊，山风！我敞开窗门欢迎你，我敞开衣襟欢迎你。

　　抚过云的边缘，抚过崖边的小花，抚过有野兽躺过的岩石，抚过缄默的泥土，抚过歌唱的泉流，你现在来轻轻地抚我了。说啊，山风，你是否从我胸头感到了云的飘忽，花的寂寥，岩石的坚实，泥土的沉郁，泉流的活泼？你会不会说："这是一个奇异的生物！"

雨

雨停止了，檐溜还是叮叮地响着，给梦拍着柔和的拍子，好像在江南的一只乌篷船中一样。"春水碧如天，画船听雨眠"，韦庄的词句又浮到脑中来了。奇迹也许突然发生了吧，也许我已被魔法移到苕溪或是西湖的小船中了吧……

然而突然，香港的倾盆大雨又降下来了。

树

路上的列树已斩伐尽了，疏疏朗朗地残留着可怜的树根。路显得宽阔了一点，短了一点，天和人的距离似乎更接近了。太阳直射到头顶上，雨直淋到身上……是的，我们需要阳光，但是我们也需要阴荫啊！早晨鸟雀的啁啾声没有了，傍晚舒徐的散步没有了。空虚的路，寂寞的路！

离门前不远的地方，本来有一棵合欢树，去年秋天，我也还采过那长长的荚果给我的女儿玩的。它曾经娉婷地站立在那里，高高地张开它的青翠的华盖一般的叶子，寄托了我们的梦想，又给我们以清阴。而现在，我们却只能在虚空之中，在浮着云片的碧空的背景上，徒然地描画它的青翠之姿了。像现在这样的夏天的早晨，它的鲜绿的叶子和火红照眼的花，会给我们怎样的一种清新之感啊！它的浓荫之中藏着雏鸟小小的啼声，会给我们怎样的一种喜悦啊！想想吧，它的消失对于我们是怎样地可悲啊！

抱着幼小的孩子，我又走到那棵合欢树的树根边来了。锯痕已由淡黄变成黝黑了，然而年轮却还是清清楚楚的，并没有给苔藓或是芝菌侵蚀去。我无聊地数着这一圈圈的年轮，四十二圈！正是我的年龄。它和我度过了同样的岁月，这可怜的合欢树！

树啊，谁更不幸一点，是你呢，还是我？

失去的园子

　　跋涉的挂虑使我失去了眼界的辽阔和余暇的寄托。我的意思是说，自从我怕走漫漫的长途而移居到这中区的最高一条街以来，我便不再能天天望见大海，不再拥有一个小圃了。屋子后面是高楼，前面是更高的山；门临街路，一点隙地也没有。从此，我便对山面壁而居，而最使我怅惘的，特别是旧居中的那一片小小的园子，那一片由我亲手拓荒、耕耘、施肥、播种、灌溉、收获过的贫瘠的土地。那园子临着海，四周是苍翠的松树，每当耕倦了，抛下锄头，坐到松树下面去，迎着从远处渔帆上吹来的风，望着辽阔的海，就已经使人心醉了。何况它又按着季节，给我们以意外丰富的收获呢？

可是搬到这里来以后，一切都改变了。载在火车上和书籍一同搬来的耕具：锄头、铁耙、铲子、尖锄、除草耙、移植铲、灌溉壶等，都冷落地被抛弃在天台上，而且生了锈。这些可怜的东西！它们应该像我一样地寂寞吧。

好像是本能地，我不时想着："现在是种番茄的时候了"，或是"现在玉蜀黍可以收获了"，或是"要是我能从家乡弄到一点蚕豆种就好了！"我把这种思想告诉了妻，于是她就提议说："我们要不要像邻居那样，叫人挑泥到天台上去，在那里辟一个园地？"可是我立刻反对，因为天台是那么小，而且阳光也那么少，给四面的高楼遮住了。于是这计划打消了，而旧园的梦想却仍旧继续着。

大概看到我常常为这样思想困恼着吧，妻在偷偷地活动着。于是，有一天，她高高兴兴地来对我说了："你可以有一个真正的园子了。你不看见我们对邻有一片空地吗？他们人少，种不了许多地，我已和他们商量好，划一部分地给我们种，水也很方便。现在，你说什么时候开始吧。"

她一定以为会给我一个意外的喜悦的，可是我却含糊地应着，心里想："那不是我的园地，我要我自己的园地。"可是，为了要不使妻太难堪，我期期地回答她："你不是劝我不要太疲劳吗？你的话是对的，我需要休息。我们把这种地的计划打消了吧。"

读者、作者
与编者

竹头木屑、牛溲马勃，运用得法，可成为诗。

望舒诗论

一、诗不能借重音乐，它应该去了音乐的成分。

二、诗不能借重绘画的长处。

三、单是美的字眼的组合不是诗的特点。

四、象征派的人们说："大自然是被淫过一千次的娼妇。"但是新的娼妇安知不会被淫过一万次。被淫的次数是没有关系的，我们要有新的淫具，新的淫法。

五、诗的韵律不在字的抑扬顿挫上，而在诗的情绪的抑扬顿挫上，即在诗情的程度上。

六、新诗最重要的是诗情上的 nuance① 而不是字句上

---

① 法文，意为"变异"。

的 nuance。

七、韵和整齐的字句会妨碍诗情，或使诗情成为畸形的。倘把诗的情绪去适应呆滞的、表面的旧规律，就和把自己的足去穿别人的鞋子一样。愚劣的人们削足适履，比较聪明一点的人选择较合脚的鞋子，但是智者却为自己制最合自己的脚的鞋子。

八、诗不是某一个官感的享乐，而是全官感或超官感的东西。

九、新的诗应该有新的情绪和表现这情绪的形式。所谓形式，决非表面上的字的排列，也决非新的字眼的堆积。

十、不必一定拿新的事物来做题材（我不反对拿新的事物来做题材），旧的事物中也能找到新的诗情。

十一、旧的古典的应用是无可反对的，在它给予我们一个新情绪的时候。

十二、不应该有只是炫奇的装饰癖，那是不永存的。

十三、诗应该有自己的 originalité①，但你须使它有 cosmopolité②性，两者不能缺一。

十四、诗是由真实经过想象而出来的，不单是真实，

---

① 法文，意为"特征"。
② 法文，意为"普遍"。

亦不单是想象。

十五、诗应当将自己的情绪表现出来，而使人感到一种东西，诗本身就像是一个生物，不是无生物。

十六、情绪不是用摄影机摄出来的，它应当用巧妙的笔触描出来。这种笔触又须是活的，千变万化的。

十七、只在用某一种文字写来，某一国人读了感到好的诗，实际上不是诗，那最多是文字的魔术。真的诗的好处不就是文字的长处。

诗论零札

竹头木屑、牛溲马勃，运用得法，可成为诗，否则仍是一堆弃之不足惜的废物。罗绮锦绣、贝玉金珠，运用得法，亦可成为诗，否则还是一些徒炫眼目的不成器的杂碎。

诗的存在在于它的组织。在这里，竹头木屑、牛溲马勃，和罗绮锦绣、贝玉金珠，其价值是同等的。

批评别人的诗说"如七宝楼台，炫人眼目，拆碎下来，不成片段"，是一种不成理之论。问题不是在于拆碎下来成不成片段，却是在搭起来是不是一座七宝楼台。

西子捧心，人皆曰美，东施效颦，见者掩面。西子之所以美，东施之所以丑的，并不是捧心或眉颦，而是她们本质上美丑。本质上美的，荆钗布裙不能掩；本质上丑的，珠衫翠袖不能饰。

诗也是如此，它的佳劣不在形式而在内容。有"诗"的诗，虽以佶屈聱牙的文字写来也是诗；没有"诗"的诗，虽韵律齐整音节铿锵，仍然不是诗。只有乡愚才会把穿了彩衣的丑妇当作美人。

说"诗不能翻译"是一个通常的错误。只有坏诗一经翻译才失去一切，因为实际它并没有"诗"包含在内，而只是字眼和声音的炫弄，只是渣滓。真正的诗在任何语言的翻译中都永远保持着它的价值。而这价值，不但是地域，就是时间也不能损坏的。

翻译可以说是诗的试金石，诗的滤箩。

不用说，我是指并不歪曲原作的翻译。

韵律齐整论者说：有了好的内容而加上"完整的"形式，诗始达于完美之境。

此说听上去好像有点道理，仔细想想，就觉得大谬。诗情是千变万化的，不是仅仅几套形式和韵律的制服所能衣蔽。以为思想应该穿衣裳已经是专断之论了（梵乐希①：《文学》），何况主张不论肥瘦高矮，都应该一律穿上一定尺寸的制服？

所谓"完整"并不应该就是"与其他相同"。每一首诗应该有它自己固有的"完整"，即不能移植的它自己固有的形式，固有韵律。

米尔顿说，韵是野蛮人的创造；但是，一般意义的"韵律"，也不过是半开化人的产物而已。仅仅非难韵，实乃五十步笑百步之见。

诗的韵律不应只有肤浅的存在。它不应存在于文字的音韵抑扬这表面，而应存在于诗情的抑扬顿挫这内里。

在这一方面，昂德莱·纪德②提出过这更正确的意见："语辞的韵律不应是表面的，矫饰的，只在于铿锵的语言的继承；它应该随着那由一种微妙的起承转合所按拍着的，思想的曲线而波动着。"

定理：

音乐：以音和时间来表现的情绪的和谐。

---

① 梵乐希，现通译为瓦雷里（1871—1945），法国诗人。
② 昂德莱·纪德，现通译为安德烈·纪德（1869—1951），法国作家。

绘画：以线条和色彩来表现的情绪的和谐。

舞蹈：以动作来表现的情绪的和谐。

诗：以文字来表现的情绪的和谐。

对于我，音乐、绘画、舞蹈等，都是同义字，因为它们所要表现的是同一的东西。

把不是"诗"的成分从诗里放逐出去。所谓不是"诗"的成分，我的意思是说，在组织起来时对于诗并非必需的东西。例如通常认为美丽的词藻，铿锵的韵音等。

并不是反对这些词藻、音韵本身。只当它们对于"诗"并非必需，或妨碍"诗"的时候，才应该驱除它们。

一点意见

　　我觉得近来文艺创作，在量上固然没有前几年那样的多，现在质上都已较进步得多了。我们如果把那些所谓"成名"的作品，和现在一般的作品比较起来，我们便立刻可以看出前者是更薄弱、幼稚。"既成者"之所以"趋向凋谢"或竟沉默者，多是比较之下的必然趋势。他们恋着从前的地位，而他们仍然是从前的他们，于是，他们的悲剧便造成了。

　　其次，便是关于现今的作家。今日作家的创作，除了少数几个人之外，大家露着两个弱点。其一是生活的缺乏，因而他们的作品往往成为一种不真切的，好像是用纸糊出来的东西。他们和不知道无产阶级的生活同样，也不知道资产阶级的生活，然而他们偏要写着这两方面的东西，使人起一种反感。其二是技术上的幼稚。我觉得，现在有几位作家，简直须从识字造句从头来过。他们没有能力把一篇文字写得通顺，别的自然不用说起。

因此，我觉得中国的文艺创作如果要"踏入正常的轨道"，必须经过两条路：生活，技术的修养。

再者，我希望批评者先生们不要向任何人都要求在某一方面是正确的意识，这是不可能的，也是徒然的。

小说与自然

　　用自然景物来作小说的背景，是否用得其法，则要看作家自己的心境和手法如何而定。有时必须把自然景物引入作品里才成，有时则完全省去也不要紧。

　　例如女作家贞奥斯丁[①]的小说便完全不用自然景物来做背景，她所描写的只有人而已。

　　汤姆斯·哈代[②]的小说虽然也用自然景物做背景，可是他所描写的只限于威兹萨克斯附近的风光，不过他却能够把此处的特色玲珑浮突地刻画出来，所以有人叫他的小说

---

① 贞奥斯丁，现通译为简·奥斯汀（1775—1817），英国作家。
② 汤姆斯·哈代，现通译为托马斯·哈代（1840—1928），英国作家。

做威兹萨克斯小说。他把用来做小说的背景的自然景物，巧妙地借以帮助小说里的人物的活动和事件的展开，因此，哈代的作品几乎不能跟自然分开来了。

史蒂文生①也是一个在小说里侧重利用自然景物的作家。在他笔下刻画出来的那些背景，无不像一幅绘画一样的显得鲜明而美丽，而且他所写的自然动的地方比静的地方多，所以能引起读者一种深刻的兴趣。如风怎样吹的样子，又如雨怎样下的光景，都是他最拿手的描写地方。况复他的观察力非常敏锐，又微带点神经质气味，无论如何细微的地方也不肯放过，所以其感动人的力量就能沁人心脾。我们读史蒂文生的小说时，透过那些自然景物的描写便可以看出他的泼辣的才气，以及辨别好坏美丑的锐利眼光。

康拉特②的小说，其爱好描写自然景物实在比其他作家更深一层。不过他多用大海来做小说的背景，大概这是因为受了少时航海日夕亲炙海上风光的影响吧！他所描写的船上火灾、沉船遇难、航行海上、暴风浪都能以一种独特的笔致细腻写出，刻画入微。然而这种写法虽然能在作品

① 史蒂文生，现通译为斯蒂文森（1850—1894），英国作家。
② 康拉特，现通译为康拉德（1857—1924），英国作家。

上多少加添些色彩，但是由于过分侧重自然活动的描写，就不免流露出一种主客倒置的不好现象。

梅利迪斯①写恋爱小说时是运用富有诗意的风景来做背景。他的写法虽然写得非常曲折，但反而能够把自然感人最深的色与香的微妙处衬托出来，所以完全跟恋爱故事的小说背景铢两悉称。而且他常常把普通物象描写成比普通更强烈、更浓厚，自然而然会予人一种深刻的印象。

这样说来，贞奥斯丁是完全不靠自然景物依然可以写出好作品，反之，康拉特却因太过侧重自然景物，作品的主意就不免被做背景的自然描写破坏掉。其余三人哈代、史蒂文生、梅利迪斯却走的是中间路线，他们不特把自然弄成小说的适当而调和的背景，而且还能借助自然景物加强了作品的主意。因此，我们不能一口断定描写自然是好是坏，却应该考虑到其时、其地、其事是否宜于利用自然而已。

---

① 梅利迪斯，现通译为梅瑞狄斯（1828—1909），英国作家。

谈林庚的诗见和"四行诗"

关于"四行诗"，林庚先生已写过许多篇文章了，如他在《关于北平情歌》一文中所举出的《什么是自由诗》《关于四行诗》《无题之秋序》《诗的韵律》《诗与自由诗》等，以及这最近的《关于北平情歌》。一位对于自己的诗有这样许多话说的诗人是幸福的，因为如果他没有说教者的勇气（但我们已看见一两位小信徒了），他至少是有狂信者的精神的。不幸这些文章我都没有机缘看到，而在总括这几篇文章之要义的《关于北平情歌》中，我又不能得到一个林先生的主张之正确的体系。

第一，林先生以为自由诗和韵律诗的分别，只是"姿态"上的不同（提到他的"四行诗"的时候，他又说是

"风格"的不同，而"姿态"和"风格"这两个不大切合的辞语，也就有着"不同"之处了），而说前者是"紧张惊警"，后者是"从容自然"。关于这一点，我们不知道林先生的论据之点是什么？是从诗人写作时的态度说呢，还是从诗本身所表现的东西说？如果就诗人写作时的态度说呢，则韵律诗也有急就之章，自由诗也有经过了长久的推敲才写出来的。如果就诗本身所表现的东西来说呢，则我们所碰到的例子，又往往和林先生所说的相反。如我的大部分的诗作，可以加之以"紧张惊警"这四个绝不相称的形容词吗？郭沫若、王独清的大部分的诗，甚至那些口号式的"革命诗"（这些都不是"四行诗"，然而都是音调铿锵的韵律诗），我们能说它们是"从容自然"的吗？

我的意思是，自由诗与韵律诗（如果我们一定要把它们分开的话）之分别，在于自由诗是不乞援于一般意义的音乐的纯诗（昂德莱·纪德有一句话，很可以阐明我的意思，虽则他其他的诗的见解我不能同意；他说，"……句子的韵律，绝对不是在于只由铿锵的字眼之连续所形成的外表和浮面，但它却是依着那被一种微妙的交互关系所合着调子的思想之曲线而起着波纹的"），而韵律诗则是一般意义的音乐成分和诗的成分并重的混合体（有些人竟把前一个成分看得更重）。至于自由诗和韵律诗这两者之孰是孰非，以及我们应该何舍何从，这是一个更复杂而只有历史能够解决的问题。关于这方面，我现在不愿多说一句话。

其次是关于林庚先生的"四行诗"是否是现代的诗这个问题。在这一方面，我和钱献之先生和另一些人同意，都得到一个否定的结论。从林庚先生的"四行诗"中所放射出来的，是一种古诗的氛围气，而这种古诗的氛围气，又绝对没有被"人力车""马路"等现在的噪音所破坏了。约半世纪以前持扯新名词以自表异的诗人们夏曾佑、谭嗣同、黄公度等辈，仍然是旧诗人；林庚先生是比他们更进一步，他并不只持扯一些现代的字眼，却持扯一些古已有之的境界，衣之以有韵律的现代语。所以，从表面上看来，林庚先生的四行诗是崭新的新诗，但到它的深处去探测，我们就可以看出它的古旧的基础了。现代的诗歌之所以与旧诗词不同者，是在于它们的形式，更在于它们的内容。结构、字汇、表现方式、语法等是属于前者的；题材、情感、思想等是属于后者的；这两者和时代之完全的调和之下的诗才是新诗。而林庚的"四行诗"却并不如此，他只是拿白话写着古诗而已。林庚先生在他的《关于北平情歌》中自己也说："至于何以我们今日不即写七言五言，则纯是白话的关系，因为白话不适合于七言五言。"从这话看来，林庚先生原也不过想用白话去发表一点古意而已。

这里，我应该补说：古诗和新诗也有着共同之一点的。那就是永远不会变价值的"诗之精髓"。那维护着古人之诗使不为岁月所斫伤的，那支撑着今人之诗使生长起来的，便是它。它以不同的姿态存在于古人和今人的诗中，多一点或少一点；它像是一个生物，渐渐地长大起来。所以在今日不把握它的现在而取它的往昔，实在是一种年代错误（关于这"诗的精髓"，以后有机会我想再多多发挥一下）。

　　现在，为给"林庚的四行诗是否是白话的古诗"这个问题提出一些证例起见，我们可以如此办：

　　一、取一些古人的诗，将它们译成林庚式的四行诗，看它们像不像是林庚先生的诗；

　　二、取一些林庚先生的四行诗，将它们译成古体诗，看它们像不像是古人的诗。

　　我们先举出第一类的例子来，请先看译文：

日　日

春光与日光争斗着每一天

杏花吐香在山城的斜坡间

什么时候闲着闲着的心绪

得及上百尺千尺的游丝线

（译文一）

这是从李义山的集子里找出来的，但是如果编入《北平情歌》中，恐怕就很少有人看得出这不是林庚先生的作品吧。原文是：

日日春光斗日光

山城斜路杏花香

几时心绪浑无事

及得游丝百尺长

（原文一）

我们再来看近人的一首不大高明的七绝的译文：

离　家

江上海上世上飘的尘埃

在家人倒过出家人生涯

秋烟已远了的蓼花渡口

逍遥的鸥鸟的心在天外

（译文二）

这是从最新寄赠新诗社的一本很坏的旧诗集《豁心集》

（沉迹著）中取出来的。原文如下：

江海飘零寄世尘

在家人似出家人

蓼花渡口秋烟远

一点闲鸥天地心

（原文二）

这种滥调的旧诗，在译为白话后放在《北平情歌》中，并不会是最坏的一首。因此我们可以说，把古体诗译成林庚先生的"四行诗"是既容易又讨好。

现在，我们来举第二类的例子吧。这里是不脱前人窠臼的两首七绝和一首七律：

偶　得

春愁恰似江南岸

水满桥头渐觉时

孤云一朵闲花草

簪上青青游子衣

（译文三）

古　城

西风吹得秋云散

断梦荒城不易寻

瓦上青天无限远

宵来寒意恨当深

（译文四）

爱之曲

黄昏斜落到朱门

应有行人惜旅人

车去无风经小巷

冬来有梦过高城

街头人影知难久

墙上消痕不再逢

回首青山与白水

载将一日倦行程

（译文五）

　　这三首诗是从《北平情歌》中译出来的，《偶得》见第三十三页，《古城》见第六十一页，《爱之曲》见第六十七页，译文和原文并没有很大的差异（第三首第四句改变了一点），最后一首，连韵也是步原作的。我们看原文吧：

春天的寂寞像江南草岸

桥边渐觉得江水又高涨

孤云如一朵人间的野花

便落在游子青青衣襟上

（《偶得》）

西北风吹散了秋深一片云

古城中的梦寐一散更难寻

屋背上蓝天时悠悠无限意

黄昏来的冻意惆怅已无穷

（《古城》）

都市里的黄昏斜落到朱门

应有着行人们怜惜着行人

小巷的独轮车无风轻走过

冬天来的寒意天蓝过高城

街头的人影子拖长不多久

红墙上的幻灭何处再相逢

回头时满眼的青山与白水

已记下了惆怅一日的行程

（《爱之曲》）

这就证明了把林庚先生的"四行诗"译成古体诗也是并不困难而且颇能神似的。

这些所证明的是什么呢？它们证明了林庚先生并没有带了什么东西给现代的新诗；反之，旧诗倒给了林庚先生许多帮助。从前人有旧瓶装新酒的话，"四行诗"的情形倒是新瓶装旧酒了；而这新瓶，实际也只是经过了一次洗刷的旧瓶而已。

在许多新诗人之间，林庚先生是一位有才能的诗人，《夜》和《春野与窗》曾给过我们一些远大的希望，可是他现在却多少给与我们一些幻灭了。听说林庚先生也常常写"绝句"（见英译《中国现代诗选》），那么或者他还没有脱出那古旧的桎梏吧。在采用了这"四行诗"的时候，林庚先生就好像走进了一个大森林中一样，他好像可以四通八达，无所不至，然而他终于会迷失在里面。

而且林庚先生所提创的"四行诗"，还会生一个很坏的影响，那就是鼓励起一些虚荣的青年去做那些类似抄袭的行为，大量地产生一些拿古体诗来改头换面的新诗，而实际上我们的确也陆续看到了几个这一类的例子了。

《星座》创刊小言

连日阴霾，晚间，天上一颗星也看不见，但港岸周遭明灯千万，也仿佛是繁星的罗布。倘若你真想观赏星，现在是，在这阴霾的气候，只好权且拿这些灯光来代替了。

沉闷的阴霾的气候是不会永远延续下去的。它若不是激扬起更可怕的大风暴，便是变成和平的晴朗天。大风暴一起，非但永远没有了天上那些星星，甚至会毁灭了港岛上这些权且代替星星的灯光，若是这些阴霾居然有开霁的一天，晴光一放，夜色定然比往昔更为清佳，不但有灿烂的星，更有奇丽的月，那时，港湾里的几盏灯光还算得什么呢。

《星座》现在寄托在港岛上。编者和读者当然都盼望着这阴霾气候之早日终结了。晴朗固好，风暴也不坏，总觉得比目下痛快些。但是，若果不幸还得在这阴霾气候中再挣扎下去，那么，编者唯一渺小的希望，是《星座》能为它的读者，忠实地代替了天上的星星，与港岸周遭的灯光同尽一点照明之责。

读者、作者与编者

　　我不曾在创刊号的《星座》上写文章，但是我却看过那一天的《星座》，因此，我与《星座》的关系是以读者来开始的，接着我便成了《星座》的经常寄稿者，这关系一直继续了许多年，而现在，更轮到我扮演一张报纸副刊不可缺的三个角色之中的最后一个角色了，一年多以来，我承乏了编者的职务。

　　从读者、作者到编者，论这过程中的滋味，也许有人羡慕说是渐入佳境。但从身历的经验来说，从前是可以耸耸肩膀随意指摘别人的，现在则忍气吞声一变而为承受一切指摘的箭靶了。也许有人羡慕舞台上画着白鼻或插着将旗的角色，但我认为最自由快乐的仍是台下的观众，他们不仅可以随意喝倒彩，而且还可以一走了事。从读者变成编者，简直是从骑在牛背上的牧童变成被人牵着鼻子的老牛了。

既然变成了牛，就得尽牛的本分。好在《星座》这一块园地，由于前人的耕耘勤恳，土质是相当肥沃的。今后如能约略有一点收获，那是前人勤勉的余泽，若是有什么碍脚的莠草和荆棘，那是老牛的疏忽，敢请读者不吝鞭策，以便这条老牛可以像我们的胡博士那样，"拼命向前"。

十年前的《星岛》和《星座》

一九三八年五月中，那时我刚从变作了孤岛的上海来到香港不久。《吉诃德爷》的翻译工作虽然给了我一部分生活保障，但是我还是不打算在香港长住下来。那时我的计划是先把家庭安顿好了，然后到抗战大后方去，参与文艺界的抗敌工作，因为那时中华文艺界抗敌协会已开始组织起来了。可是一个偶然的机会却叫我在香港逗留了下来。

有一天，我到简又文、陆丹林先生所主办的"大风社"去闲谈。到了那里的时候，陆丹林先生就对我说，他正在找我，因为有一家新组织的日报，正在物色一位副刊的编辑，他想我是很适当的，而且已为我向主持人提出过了，那便是《星岛日报》，是胡文虎先生办的，社长是他的公子胡好先生。说完了，他就把一封已经写好了的介绍信递给我，叫我有空就去见胡好先生。

我踌躇了两天才决定去见胡好先生。使我踌躇的，第一是如果我接受下来，那么我全盘的计划都打消了；其次，假定我担任了这个职务，那么我能不能如我的理想编辑那个副刊呢？因为，当时香港还没有一个正式新文艺的副刊，而香港的读者也不习惯于这样的副刊的。可是我终于抱着"先去看看"的态度去见胡好先生。

看见了现在这样富丽堂皇的星岛日报社的社址，恐怕难以想象——当年初创时的那种简陋吧。房子是刚刚重建好，牌子也没有挂出来，印刷机刚运到，正在预备装起来，排字房也还没有组织起来，编辑部是更不用说了。全个报馆只有一个办公室，那便是在楼下现在会计处的地方。便在那里，我见到了胡好先生。

使我吃惊的是胡好先生的年轻，而更使我吃惊的是那惯常和年轻不会合在一起的干练。这个十九岁的少年那么干练地处理着一切，热情而爽直。我告诉了他我愿意接受编这张新报的副刊，但我也有我的理想，于是我把我理想中的副刊是怎样的告诉了他。胡好先生的回答是肯定的，他告诉我，我会实现我的理想。接着我又明白了，现在问题还不仅在于副刊编辑的方针和技术，却是在于使整个报馆怎样向前走，那就是说，我们面对着的，是一个达到报纸能出版的筹备工作。我不得不承认，我的经验只是整个报馆的一部分。但是我终于毅然地答应下来，心里想，也许什么都从头开始更好一点。于是我们就说定第二天起就开始到馆工作。

一切都从头开始，从设计信笺信封，编辑部的单据，一直到招考记者和校对，布置安排在阁楼的编辑部，以及其他无数繁杂和琐碎的问题和工作。新的人才进来参加，工作繁忙而平静地进行，到了七月初，一切都准备得差不多了。

然而有一个问题却使我不安着，那便是我们当时的总编辑，是已聘定了樊仲云。那个时候，他是在蔚蓝书局当编辑，而这书局的败北主义和投降倾向，是一天天地更明显起来。一张抗战的报怎样能容一个有这样倾向的总编辑呢？再说，他在工作上所表现的又是那样庸弱无能。我不安着，但是我们大家都不便说出来，然而，有一天，胡好先生却笑嘻嘻地走进编辑部来，突然对我们宣说："樊仲云已被我开除了。"胡好先生是有先见的，第二年，他便跟汪逆到南京去做所谓"和平救国运动"了。

那个副刊定名为《星座》，取义无非是希望它如一系列灿烂的明星，在南天上照耀着，或是说像《星岛日报》的一间茶座，可以让各位作者发表一点意见而已。稿子方面一点也没有困难，文友们从四面八方寄了稿子来，而流亡在香港的作家们，也不断地给供稿件，我们竟可以说，没有一位知名的作家是没有在《星座》里写过文章的。在编排方面，我们第一个采用了文题上的装饰插图和名家的木刻、漫画等（这个传统至今保持着）。

这个以崭新的姿态出现的报纸，无疑地获得了意外的成功。当然，胡文虎先生的号召力以及报馆各部分的紧密的合作，便是这成功的主因。我不能忘记，在八月二日胡好先生走进编辑部来时的那一片得意的微笑和热烈的握手。

从此以后，我的工作是专对着《星座》副刊了。

然而《星座》也并不是如所预期那样顺利进行的。给与我最大最多的麻烦的，是当时的检查制度。现在，我们是不会有这种麻烦了，这是可庆贺的！可是在当时种种你想象不到的噜苏，都会随时发生。似乎《星座》是当时检查的唯一的目标。在当时，报纸上是不准用"敌"字的，"日寇"更不用说了。在《星座》上，我虽则竭力避免，但总不能躲过检查官的笔削。有时是几个字，有时是一两节，有时甚至全篇。而我们的"违禁"的范围又越来越广。在这个制度之下，《星座》不得不牺牲了不少很出色的稿子。我当时不得不索性在《星座》上"开天窗"一次，表示我们的抗议。后来也办不到了，因为检查官不容我们"开天窗"了。这种麻烦，一直维持到我编《星座》的最后一天。三年的日常工作便是和检查官的"冷战"。

这样，三年不知不觉地过去了。接着，有一天，一九四一年十二月七日的清晨，太平洋战争爆发起来了。虽则我的工作是在下午开始的，这天我却例外在早晨到了报馆。战争的消息是证实了，报馆里是乱哄哄的。敌人开始轰炸了。当天的决定，《星座》改变成战时特刊，虽则只出了一天，但是我却庆幸着，从此可以对敌人直呼其名，而且可以加以种种我们可以形容他的形容词了。

第二天夜间，我带着棉被从薄扶林道步行到报馆来，我的任务已不再是副刊的编辑，而是□□（原稿字迹不清）了。因为炮火的关系，有的同事已不能到馆，在人手少的时候，不能不什么都做了。从此以后，我便白天冒着炮火到中环去探听消息，夜间在馆中译电。在紧张的生活中，我忘记了家，有时竟忘记了饥饿。接着炮火越来越紧，接着电也没有了。报纸缩到不能再小的大小，而新闻的来源也差不多断绝了。然而大家都还不断地工作着，没有绝望。

接着，我记得是香港投降前三天吧，报馆的四周已被炮火所包围，报纸实在不能出下去了。消息越来越坏，馆方已准备把报纸停刊了。同事们都充满了悲壮的情绪，互相望着，眼睛里含着眼泪，然后静静地走开去。然而，这时候却传来了一个欺人的好消息，那便是中国军队已打到新界了。

消息到来的时候，在报馆的只有我和周新兄。我们想这消息是不可靠的，但是我们总得将它发表出去。然而，排字房的工友散了，我们没有将它发出去的方法。可是我们应该尽我们最后一天的责任。于是，找到了一张白报纸，我们用红墨水尽量大的写着："确息：我军已开到新界，日寇望风披靡，本港可保无虞"，把它张贴到报馆门口去。然后两人沉默地离开了这报馆。

我永远记忆着这离开报馆时的那种悲惨的景象，它和现在的兴隆的景象是呈着一个明显的对比。

跋《山城雨景》[1]

　　约在二十年前，上海的文士每逢星期日总聚集在北四川路虬江路角子上的那间"新雅茶室"，谈着他们的作品，他们的计划，或仅仅是清谈。他们围坐在一张大圆桌周围高谈阔论着，从早晨九时到下午一时，而在这一段时间，穿梭地来往着诗人、小说家、戏剧家、散文家和艺术家，陆续地来又陆续地走，也不问到底谁"背十字架"，只觉得自己的确已把一个休暇的上午有趣地度过了而已。

　　在这集会之中，有两个人物都是以健谈著名的：一个是上海本地的傅彦长，一个是从广东来的卢梦殊。据说他

---

① 《山城雨景》为当时《香岛日报》总编辑卢梦殊所作。

们两人谈起来，虽则一个极小的问题也可以谈整日整夜，可是到底这是否是事实，却恕我不能作证人。我可以作证的，就是他们说话的艺术的确是比一般人高而已。而最引人注意的就是他们每人都有一个奇怪的笔名。傅彦长的笔名是穆罗茶，卢梦殊的是罗拔高。

穆罗茶这笔名据说是一个广东朋友给他取的（也许就是卢梦殊吧），"穆罗茶"者，"摩罗差"也。可是我不明白的，就是傅君并不是黑头大汉，而且也并不喜欢下涉吵嘴打架之类的事，怎样会有"摩罗差"这样的称号。至于"罗拔高"呢，那倒是更容易理解一点。"罗拔高"者，"萝白糕"也。据说梦殊在新雅茶室饮茶的时候独喜萝白糕一味，卢君是广东人，而萝白糕又是广东特产，因而人们就很自然地呼梦殊为"萝白糕"，而梦殊又很自然地自呼为"罗拔高"了。

梦殊在当时写作是很丰富的，可惜的是他并没有把那些散见在报章杂志上的文章搜集起来，印成集子，使人有重读的机会。而梦殊自己似乎也对于自己的产物并不珍惜似的，让它们湮埋在故纸堆中。这种对于自己旧作的歧视的态度，现在想起来，倒也确有其理由的。人到中年，是往往深悔少作了。我自己就有着这种感想，而认为那些肤浅的诗句至今还留在世间是一件遗憾。

而这种遗憾，梦殊却并没有。他现在所出版的，却是他的成熟的作品：《山城雨景》。

《山城雨景》是作者的近作的结集。它不是一幅巨大的壁画，却是一幅幅水墨的小品。世人啊！你们生活在你们的小欢乐和小悲哀之中，而一位艺术家却在素朴而淋漓的笔墨之中将你们描画了出来。世人啊，在《山城雨景》之中鉴照一下你们自己的影子吧。

释"呼保义"

　　《水浒传》中，宋江绰号有二，一曰"及时雨"，一曰"呼保义"。"及时雨"传中已有解释，"呼保义"则世多不明其义。周密《癸辛杂识续集》上载龚圣与《宋江三十六赞》，赞语于绰号之解说，颇多阐明，顾其宋江一赞云：

　　　　不假称王，而呼保义，岂若狂卓，专犯忌讳。

则仍言而不明，于"呼保义"一解未有所发挥，仅言其不称帝称王，而自呼为"保义"而已。

　　然则欲明"呼保义"为何，当先明"保义"为何。"呼"字则言自呼或人称，固可了然者。

按"保义"者，"保义郎"之简称也，宋时旧称"右班殿直"，为武职使臣之一，政和二年，易新名，始称"保义郎"。据《宋史》卷一六九《职官志》，武选目太尉至下班祇应，凡五十二阶，而保义郎居第四十九阶。盖一武职稗官耳，或谓保义既系稗官，宋江何以取为绰号？答曰：宋江原系郓城小吏，其志非高，武勇堪充使臣，于愿已足；此其一。

今人有未得学位而称博士，未经选举而称太史者，宋时亦复如是，文人辄称宣教，仕族辄称承务，其尤可发一噱者，仕宦仆，亦有仆射、大夫等称。宋曾惜《高斋漫录》云：

> 文潞公尝戏云："某平生作官，赶家仆不上，方为从官时，家仆已呼仆射，比为宰相，渠先为司徒矣。"近年贵人仆隶，以仆射、司徒为小，则称保义，又或称大夫也。

可知贵家隶仆，亦有称"保义"者。则小吏如宋江者之称"保义"，提高身分，自呼人称，均无足奇；此其二。

读《水浒传》之一得

——幽居识小录之一

《水浒传》是一部百读不厌的书。在童稚的时候，它做过我的好侣伴，到现在两鬓垂斑的时候，它仍不失是我的枕边秘笈。这就证明了这部书是老少咸宜的不朽巨著了。

它不但能消遣我们的无聊，而且还使我们不断地得益。我的意思是说，不但在文学手法上，世情的了解上，它不断地给我们教益，就是在学问知识的增进上，它也是开卷有益的。这里就是一个小小的例子：

尝读永乐大典戏文《小孙屠》，在这四句"题目"中就逢到了一个疑难的问题："李琼梅设计丽春园，孙必达相会成夫妇，朱邦杰识法明犯法，遭盆吊没兴《小孙屠》。"这

"盆吊"是什么刑罚呢？本文中没有说明，字典辞书中不载，那是不用说了的，宋元刑法志上没有说起，小说笔记里也没有谈到。这种问题，只得不求甚解了吧。可是忽然记起似乎《水浒传》中有说到这二字的，便拿起《水浒传》来一翻，果然在第二十八回"武松威镇平安寨，施恩义夺快活林"中找到了。那是讲武松杀了潘金莲之后，被刺配到东平府平安寨时的事。武松被解到牢城中，得罪了差拨，可是管营相公却不但没有给他吃杀威棒，反而好好的管待他。众囚徒疑心这不是好意，说晚间必然来结果他。武松道："他还是怎地来结果我？"

于是众囚徒就说出"盆吊"来：

他到晚把两碗干黄仓米饭和些臭鲞鱼来与你吃了，趁饱带你到土牢里去，把索子捆翻着，一床干藁荐把你卷了，塞住了你七窍，颠倒竖在壁边；不消半个更次，便结果了你性命。这个唤做"盆吊"。

原来这什么地方也不得其解的"盆吊"，却在这部《水浒传》中说得清清楚楚。

《小孙屠》中还有这几句："谁知命运遭乖蹇，今朝受刑宪。免教受拥扒，感恩即非浅。"以及"分明是你把妻儿骗，今日怎胡言！拷打更拼扒，如今怎弹免？"这"掤扒"或"拼扒"是什么呢？（再说，在金元戏曲中，这两个字眼也是常见到的，随便举两个例吧：在董解元的《西厢》卷四："有刑罚、徒流、绞斩、吊拷、绑把。"在杨梓的《豫让吞炭》第三折："既待舍死忘生，怕什么吊拷掤扒。"）在别的书中也是不得其解，又还是在《水浒传》中找到了的。

那是在第五十一回"插翅虎枷打白秀英　美髯公误失小衙内"。插翅虎雷横在勾栏里，打了唱诸宫调的白秀英的父亲白玉乔，给白秀英在知县那里使了枕边灵；知县就把雷横枷起来押出去号令示众，那婆娘要逞好手，定要把雷横号令在勾栏门首。原文说：

　　第二日，那婆娘再去做场，知县却教把雷横号令在勾栏门首。这一班禁子人等都是和雷横一般的公人，如何肯绑扒他？这婆娘寻思一会：既是出名奈何了他，只是一怪。走出勾栏门，去茶坊里坐下，叫禁子过去发话道："你们都和他有首尾，却放他自在。知县相公叫你们绑扒他，你倒做人情。少刻我对知县说了，看道奈何得你们也不？"禁子道："娘子不必发怒，我们自去绑扒他便了。"白秀英道："怎地时，我自将钱赏你。"禁子们只得来对雷横说道："兄长，没奈何，且胡乱绗一绗。"把雷横绗扒在街上。

这里的"绗扒"就是《小孙屠》中的"搠扒"和"拼扒",因为是俗语,字无定形。读了《水浒传》的这一节,这两字的意思,便了如指掌了。

《水浒传》能给我们的知识还有很多(同时它也供给我们无穷研究的题目),此所举的不过是一斑而已。谁说《水浒传》只是一件文学作品而已?

我相信
能够了解你

正如一句诗一样，一个思想也必须小心地推敲出来的。

《鹅妈妈的故事》序引

　　我很猜得到，小朋友们从书铺子里买到了这本小书之后，是急于翻开第一篇《林中睡美人》或其他题目最称心的故事来看。因此之故，我又何尝不明白，在这样一本趣味丰富的童话集上加一篇序引，虽然是短短的，也终于是一桩虚费的事。

　　但是，我想，这样一个享受了三百年大名的童话作家和他的最使全世界的儿童眉飞色舞的《鹅妈妈的故事》，到如今，完完全全的介绍给我国的小朋友，那么在这时候，略为写一些介绍的话，似乎也不能算是多事。况且，我又想，虽然名为序引，我却希望小朋友们在这小书中所包含的八篇故事都看完之后，重又翻转书来，读这小引，那么，既可以不先阻了小朋友们的兴趣，又可以使这故事的阅读或听讲者，对于这讲故事的人，有一些较密切的认识，不也是一个较妥善的办法吗？

为了上面的原故，这篇小引便如是写着：

这一本美丽的故事集的作者，沙尔·贝洛尔（Charles Perrault），是法国人；一千六百二十八年生于巴黎。他的父亲比哀尔·贝洛尔（Pierre Perrault）是一位辩护士。他有三个哥哥，都是很出名的人，尤其是他的二哥，格洛特（Claude），始习物理学，继业建筑，所享声名，却也不亚于他。

在幼年时候，八岁零六个月，他被送到波凡学院（Collège Beauvais）去读书，但因为他有过人的天才，求知欲的异常的发达，读书的不肯含混，所以曾经与他的教师起了剧烈的辩论。后来，因为过分的厌弃学校生活，他的固执的，自信甚强的癖性，帮助他居然争到了父亲的允许，任他退出学校，自由研究学问。

既放任了他的自由意志，听他精进地独自采索着博大宏深的知识，他的过人的成绩使他在一六五一年，在奥莱盎，得了法学硕士的学位。他便回到那浓云密雾的巴黎，执行律师业务。但这时期并不长久。

从一千六百五十四年起，他父亲也在巴黎得了一个较大的官职，他便不再出庭，而改充他父亲的书记。在这时期中，他一方面从事于职务，一方面却依旧沉溺于文学、艺术和其他学问。在一六五七年，他曾用他艺术的素养，帮助他二哥格洛特建筑了一所精美绝伦的屋子。这种天才的表现，当时就受知于总理大臣高尔培尔（Colbert）。一六六三年，他受聘为这位总理的秘书，赞襄一切科学、文学、艺术事项。

高尔培尔很钦佩他的才能和人格，很看重他；在一六七一年，高尔培尔便推举他为法兰西学院（L'Académie Française）的会员。在这个光荣的学术团体中，他尽力地秉着他的才干，把它好好的整顿了一番，使法兰西学院树立了永久的基础。

但是，因为他是一个富有进取精神的人，他要革除旧的，建设新的；他要推倒传统思想，树立自由的意志，所以当他有一次在学院中宣读例课的时候，他读了他的一首诗《路易十四时代》（Le siècle de Louis XIV），其中有几句话盛赞现代远胜古代。这些诗句，当下引起了文坛的一场论战，尤其是诗人薄阿洛（Boileau），为了袒护古典的光荣起见，在盛怒之下，竟用许多粗暴的辞句来抨击他。他虽然是一个有好脾气、好品格的人，但为了他自己的意志和思想，在一六八八至一六九六年之内便长长地写了一首

《古今较》（*Le Paralèlle des Anciens et des Modernes*），
在这首诗中，他更详细地阐发他的今优于古的见解。于是
两方面便旗鼓相当地互施掊击，同时又有许多文人加入了
战团，各为自己所信仰的一方面援助。这次论战，虽然并
没有显明的胜负分出，但其影响后来却竟波及英国文坛。

一千六百八十三年，他的知遇者高尔培尔死了，他也
便结束了他的政务生涯，从此息影家园，笑弄孺子，以了
余年。

他很快乐地教导着他的孩子，高兴时便写了些文字。
于是在那首《古今较》之外，他又采取了意大利濮加屈
（Boccaccio）的故事，用韵文写了一部小说《格利赛利第
的坚忍》（*La Patience de Griselidis*），一千六百九十一
年在巴黎出版。到一千六百九十四年，他又出版了两种韵
文故事：《驴皮》（*Peaud' Ane*）和《可笑的愿望》（*Les
Souhaits Ridicules*）。

但是，因为贝洛尔的天才不能使他在诗人一方面发展，
所以他文学的成功却并不在以上几种韵文的著作中。在一
千六百九十七年，他将一本散文故事集在巴黎出版了。立
刻，欢迎的呼声从法国的孩子口中到全世界孩子口中发出
来，从十七世纪的孩子口中到如今二十世纪的孩子口中还
在高喊着，法国童话杰出作家贝洛尔的大名，便因此书而

不朽。

这本散文故事集，便是我现在译出来给我国的小朋友们看的这一本《鹅妈妈的故事》（*Les Contes de Ma Mère l' Oye*）。

《鹅妈妈的故事》在最初出版的时候，却用的另外一个书名：《从前的故事》（*Histoire de Temps passé*）。作者的署名是他儿子的名字：贝洛尔·达尔芒戈（Perrault d'Armancour）。因为这一集中所包含的八篇故事——《林中睡美人》（*La Belle au Bois Dormant*），《小红帽》（*Le Petit Chaperon Rouge*），《蓝须》（*Barbe Bleue*），《猫主公》或《穿靴的猫》（*Maitre Chat; ou, Le Chat Botté*），《仙女》（*Les Fées*），《灰姑娘》或《小玻璃鞋》（*Cendrillon; ou, La Pantoufl e de Verre*），《生角的吕盖》（*Riquet à la Houpe*），《小拇指》（*Le petit Poucet*）——都是些流行于儿童口中的古传说，并不是贝洛尔的聪明的创作；他不过利用他轻倩动人的笔致把它们写成文学，替它们添了不少的神韵。又为了他自己曾竭力地反对过古昔，很不愿意用他的名字出版这本复述古昔故事的小书，因此却写上了他儿子的名字。所以他便把这些故事，故意用孩童的天真的语气表出。因了这个假名的关系，又曾使不少人费过思索和探讨，猜了很多时候的谜。

至于这集故事之又名为《鹅妈妈的故事》的缘故，也曾经不少人的研究。大部分人以为在一首古代的故事歌中曾说起过一匹母鹅讲故事给她的小鹅儿听，而在这本故事第一版的首页插图中画着一个在纺纱的老妇人，身旁有三个孩子，一个男的和两个女的，在这图下，有着"我的鹅妈妈的故事"的字样，所以便以为贝洛尔是将古代的故事歌中的母鹅人化了而拟出这个书名的。此外，还有许多对于这书名的不同的推解，我想，这于小朋友们没有什么需要，也不必很累赘地费许多文字来多说了。

至于这几篇故事的真价值，我也想，小朋友们当然已能自己去领略，不必我唠唠叨叨地再细述了。但是，有一桩事要先告罪的，就是：这些故事虽然是从法文原本极忠实地译出来的，但贝洛尔先生在每一故事终了的地方，总给加上几句韵文教训式的格言，这一种比较的沉闷而又不合现代的字句，我实在不愿意让那里面所包含的道德观念来束缚了小朋友们活泼的灵魂，竟自大胆地节去了。

最后，还得补说一句：沙尔·贝洛尔是死在一千七百零三年，距这本故事集之出版，只有六年；在这六年之中，我们的作者并不曾写过比这本书更著名的故事。

一九二七年十一月六日

《二个皮匠》译者题记

阿耶拉（Ramon Perez de Avala）是西班牙当代最出众的小说家，同时也是诗人、批评家、散文家，是那踵接着被称为"九十八年代"的乌拿莫诺（Unamuno）、阿素林（Agorin）、巴罗哈（Boroja）、伐列·英克朗（Valle-Inclan）等的新系代中的不可一世的人物。

他于一千八百八十年生于阿斯都里亚斯（Asturias），现在还活着。在西班牙革命以后，他出任为英国公使（一九三一年）。虽则已是五十几岁的老人了，但是他的那种矍铄的精神，在行动上以及著作上，是都足以使后生都感到可畏的。

他的文学生活是从诗歌开始的。他一共出了三部诗集：

《小径的平静》（*La Paz del Sendero*，一九〇四），《不可数的小径》（*E1 Sendero Innumerable*，一九一六），《浮动的小径》（*EI Sendero Andante*，一九二一）。他的诗都是用旧的韵律和鲜明的思想（ancho ritmo, clara idea）写出来的，早年的诗虽则颇受法国象征派诗人们，特别是法朗西思·耶麦（Fnancis Jammes）的影响，但有时他的诗甚至比耶麦的更深刻点。

使他一跃而成为西班牙文坛的巨星，并成为世界的大作家的，是他底小说。《倍拉米诺和阿保洛纽》（*Belarmino y Apolonio*）、《蜜月苦月》（*Luna de Miel Luna de Hiel*），《乌尔巴诺和西蒙娜底操劳》（*Los Trabajos de Urbanoy Simona*）、《黄老虎》（*Tigre Juan*）等书，都使他的世界的声誉一天天地增加起来，坚固起来。

从阿耶拉底著作中，我们可以看出两个特点。第一，是他底文章手法上的特点：他的微妙宛转的话术，他的取之不尽用之不竭的用字范围，他的丰富、流畅、娇媚而又冷静的风格。其次，是他的那种尖锐，奸诡，辛辣而近于刻薄的天才（而且又是隐藏在他所聪敏地操纵着的纡回曲折的语言的魅力之下的）。凭了这两种固有的特点，接触了英国的"幽默"作家及他本国的诸大师，又生活在西班牙的那些奇异的人物——大学生，发明者，流氓，教士，政客，斗牛者等——的氛围气中，他便达到了他的艺术的最高点。

《二个皮匠》是《倍拉米诺和阿保洛纽》的改题，是使阿耶拉一举成名的杰作。他的一切的长处，我们都可以在这本书中窥见。现在，我们且把法国西班牙文学的权威约翰·加苏（Jean Cassou）对于这书的见解写在这里，作为一个有力的介绍吧：

此书当然是自从《吉诃德爷》（*Don Quijote*）以来的西班牙的最伟大的著作之一。这个故事的戏谑达到了一种不能再希望的伟大。我们是置身在一部西班牙的《步伐尔和贝居锡》（译者按：《步伐尔和贝居锡》［*Bouvard et Pécuchet*］系法国弗洛贝尔的杰作之一）之前了，但是这一部却更错综着聪慧的把戏，和一整个具有悲喜剧的无尽的力量的、催笑的、丰富的、有力的奇想。弗洛贝尔曾经梦想著述的，可不就是这部书吗？弗洛贝尔的脑中是常有塞万提斯（Cervantes）出没的，如果他能够用像阿耶拉一样丰满，一样有味，又一样具有善辩的口气的语言，写出一部像《倍拉米诺和阿保洛纽》一样刻薄，像《倍拉米诺和阿保洛纽》一样地在评断中包容着我们的全部风习和认识的讽刺文，那么弗洛贝尔准会心满意足了。（见 Jean Cassou: *Panorama de laLittérature espaguole contemporaine*）

　　加苏竟把这部书称为《吉诃德爷》以后的西班牙最伟大的书之一，把他的才能和手法放在弗洛贝尔之上了。

　　本书是根据一九三一年马德里 Pueyo 书店出版的阿耶拉全集本，同时参考 Jean et Marcel Carayon 的法译本译出的。在译成的时候，看看自己的译文，总还不能满意，因为这部书实在是太难译了。

译者

（一九三二——一九三三年）

记诗人许拜维艾尔[①]

　　二十年前还是默默无闻的许拜维艾尔，现在已渐渐地超过了他的显赫一时的同代人，升到巴尔拿斯[②]的最高峰上了。和高克多（Cocteau）、约可伯（Jacob）、达达主义者们，超现实主义者们等相反，他的上升是舒徐的，不喧哗的，无中止的，少波折的。他继续地升上去，像一只飞到青空中去的云雀一样，像一只云雀一样地，他渐渐地使大地和太空都应响着他的声音。

　　现代的诗人多少是诗的理论家，而他们的诗呢，符合

---

① 许拜维艾尔，又译为苏佩维埃尔（1884—1960），法国诗人。

② 巴尔拿斯，即帕尔纳斯派，为法国文学中的一个流派。

这些理论的例子。爱略特（T.S.Eliot）如是，耶芝（W.B. Yeats）如是，马里奈谛（Marinetti）如是，玛牙可夫斯基（Mayakovsky）如是，瓦雷里（Va'léry）亦未尝不如是。他们并不把诗作为他们最后的目的，却自己制就了樊笼，而把自己幽囚起来。许拜维艾尔是那能摆脱这种苦痛的劳役的少数人之一，他不倡理论、不树派别，却用那南美洲大草原的青色所赋予他，大西洋海底珊瑚所赋予他，喧嚣的"沉默"、微语的星和驯熟的夜所赋予他的辽远、沉着而熟稔的音调，向生者、死者、大地、宇宙、生物、无生物吟哦。如果我们相信诗人是天生的话，那么他就是其中之一。

一九三五年，当春天还没有抛开了它的风，寒冷和雨的大氅的时候，我又回到了古旧的巴黎。一个机缘呈到了我面前，使我能在踏上归途之前和这位给了我许多新的欢乐的诗人把晤了一次（我得感谢那位把自己一生献给上帝以及诗的Abbé Duperray）。

诗人是住在处于巴黎的边缘的拉纳大街（Boulevard Lannes）上，在蒲洛涅林（Bois de Boulogne）附近。在一个阴暗的傍晚，我到了那里。在那清静而少人迹的街道上彳亍着找寻诗人之家的时候，我想起了他的诗句：

有着岁月前来闻嗅的你的石建筑物，

拉纳大街，你在天的中央干什么？

你是那么地远离开巴黎的太阳和它的月亮，

竟至街灯不知道它应该灭呢还应该明，

竟至那送牛乳的女子自问，

那是否真是屋子，凸出着真正的露台，

那在她手指边叮当响着的，是牛乳瓶呢还是世界。

找到了拉纳大街四十七号的时候，天已开始微雨了，我走到一所大厦的门边，我按铃。铃声清晰地在空敞的门轩中响了好一些时候。一个男子慢慢地走了出来。

"诗人许拜维艾尔先生住在这里吗？"我问。

"在二楼，要我领你去吗？"

"不必，我自己上去就是了。"

我在一扇门前站住。第二次，铃声又响了。这次，来给我开门的是一个女仆，她用惊讶的眼睛望着我，好像这诗人之居的恬静，是很少有异国的访客来搅扰的。

"许拜维艾尔在家吗？"我问。

"在家。您有名片吗？"

她接了我的名片，关了门，领我到一间客厅里，然后去通报诗人。

我在一张大圈椅上坐下来，开始对于这已经是诗人的一部分的客厅，投了短促的一瞥。古旧的家具、先人的肖像、紫檀的镂花中国屏风、厚厚的地毯：这些都是一个普通的法国人家所应有尽有的，然而一想到这些都是兴感诗人，走进他的生活中去，而做着他的诗的卑微然而重要的元行的时候，这些便都披上了一层异样的光泽了。但是那女仆出来了，她对我说她的主人很愿意见我，虽然他在患牙痛。接着，在开门的声音中，许拜维艾尔已经在门框间现身出来了。

这是一位高大的人，瘦瘦的身体，长长的脸儿，宽阔的前额，和眼睛很接近的浓眉毛，从鼻子的两翼出发下垂到嘴角边的深深的皱槽。虽则已到了五十以上的年龄，但是我们的诗人还显得很年轻，特别是他的那双奕奕有光的眼睛。有许多人是不大感到年岁的重负的，诗人也就是这一类人之一，虽然他不得不在心头时时重整精力，去用他的鲜血给"时间的群马"解渴。

"欢迎你！"这是诗人的第一声，"我们昨天刚听到念你的诗，想不到今天就看到了你。"

当我开始对他说我对于他的景仰，向他道歉我打搅他等等的时候，"不要说这些，"他说，"请到我书房里去坐吧，那里人们感到更不生疏一点。"于是他便开大了门，让我走到隔壁他的书房里去。

任何都不能使许拜维艾尔惊奇，我的访问也不。他和一切东西默契着：和星、和树、和海、和石、和海底的鱼、和墓里的死者。就在相遇的一瞬间，许拜维艾尔已和我成为很熟稔的了，好像我们曾在什么地方相识过一样，好像有什么东西曾把我们系在一起过一样。

我在一张沙发上坐下来，舒适地，像在我自己家中一样。而他，在横身在一张长榻上之后，便用他的好像是记忆中的声音开始说话了：

"是的，我昨晚才听到念你的诗。它们带来了一个新的愉快给我，我向你忏白，我不能有像你的《答客问》那样澄明静止的心。我闭在我的世界中，我不能忘情于它的一切。"

的确，这"无罪的囚徒"并不是一位出世主义者，虽然他竭力摆脱自己，摆脱自己的心。他所需要的是一个更广大深厚得多的世界，包涵日、月、星辰、太空的无空间限制的世界，混合过去、现在与未来的无时间限制的世界；在那里，没有死者和生者的区别，一切东西都是有生命有灵魂的生物。

"我相信能够了解你，"我说，"如果你能够恕我的僭越的话，我可以向你提起你的那首《一头灰色的中国牛》吗？遥远地处于东西两个极端的生物，是有着它们不同的性格，那是当然的，正如乌拉圭的牛沉醉于Pampa①的太阳和青空，而中国的牛彳亍于青青的稻田中一样，但是却有一种就是心灵也难以把握得住的东西，使它们默契，把它们联在一起，这东西，我想就是'诗'。"

"这倒是真的，"诗人微笑着说，眼睛发着光，"我们总好像觉得自己是孤独地生活着，被关在一个窄狭到有时几乎不能喘息的范围里，因而我们便不得不常常想到这湫隘的囚牢以外的世界，以及这世界以外的宇宙……"诗人似乎在沉思了；接着，他突然说："想不到你对于我的诗那么熟悉。你觉得它怎样，这首《一头灰色的中国牛》？这是我比较满意的诗中的一首。"

"它启发了我对于你的认识，并使我去更清楚地了解你。"

因为说到中国，许拜维艾尔便和我谈起中国来了。他说他曾经历过许多国土，不过他至今引以为遗憾的，便是他尚未到过中国。他说他的友人昂利·米书（Henry Michaux）曾到过中国，写过一本关于中国的书，对他盛称中国之美，说那自认为最文明的欧洲人，在亚洲只是一个野蛮人而已。我没有读过米书的作品，所以也没有和许拜维艾尔多说下去。可是他却兴奋了起来，好像立时要补偿

---

① 法文，意为"大原野，大草原"。

他的憾恨似的，向我询问起旅行中国的问题来，如旅程要多少日子，旅费大概要多少，入境要经过什么手续，生活程度如何，语言的隔膜如何打破等等。而在从我这里得到一个相当的解决之后，他下着这样的结论：

"我总得到中国去一次。"于是他好像又沉思起来了。

我趁空把这书室打量了一下。那是一间长方形的房间，书架上排列着诗人所爱读的书，书案是在近窗的地方，而在案头，我看见一本新出的 *Mesures*。窗扉都关闭了，不能望见窗外的远景，而在电灯光下，壁上的名画便格外烘托出来了；在这里面，我辨出了马谛思（Matisse）、塞公沙克（D. de Segonzac）、比加索（Picasso）等法国当代画伯的作品。我们是在房间的后部，在那里，散放着几张沙发，一两张小几和一张长榻，而我们的诗人便倚在这靠壁的长榻上；榻旁的小几上放着几张白纸，大概是记录诗人的灵感的。

诗人站了起来，在房里走了几步，于是：

"你最爱哪几位法国诗人？"他这样问我。

"这很难说，"我回答，"或许是韩波（Rimbaud）和罗特亥阿蒙（Lautréamont）；在当代人之间呢，我从前喜欢过耶麦（Jammes）、福尔（Paul Fort）、高克多（Cocteau）、雷佛尔第（Reverdy），现在呢，我已把我的偏好移到你和爱吕阿尔（Eluard）身上了。你瞧，这样的驳杂！"

听我数说完了这些名字的时候，许拜维艾尔认真地说：

"这也很自然的。除了少数一二人以外，我的趣味也差不多和你相同的。福尔先生是我尤其感激的，我最初的诗集还是他给我写的序文呢。而罗特亥阿蒙！想不到罗特亥阿蒙也是你所爱好的诗人！那么拉福尔格（Laforguo）呢？"

我们要晓得，拉福尔格和罗特亥阿蒙都是颇有影响于许拜维艾尔的，像他们一样，他是出生于乌拉圭国的蒙德维艾陀（Monteviedo）的，像他们一样，他的祖先是比雷奈山乡人，像他们一样，他是法国诗人。在《引力集》中，我们可以看到下面的诗句：

> 不论在什么地方我都掘着地，希望你会从地下出来，
> 我用肘子推开房屋和森林，去看你在不在后面，
> 我会整夜地大开着门窗等着你，
> 面前放着两杯酒，而不愿去沾一沾口。
> 但是，罗特亥阿蒙，
> 你却不来。

"拉福尔格吗？"我说，"可惜我没有多读他的作品，还在我记忆中保存着的，只《来临的冬天》（L' hiver qui vient）等数首而已。"接着，我便对他说起他新近出版的

诗集《不相识的朋友们》(Les Amis Inconnus):

"我最近读了你的诗集《不相识的朋友们》。"

"是吗?你已经买了吗?我应该送你一册的,可惜我现在手头只剩一本了。你读了吗,你的感想怎样?"

我没有直接回答他,却向他念了一节《不相识的朋友们》中的诗句:

> 我将来的弟兄们,你们有一天会说,
>
> 一位诗人取了我们日常的言语,
>
> 用一种无限地更悲哀而稍不残忍一点的
>
> 新的悲哀去,驱逐他的悲哀……

在他的瘦长的脸上,又浮上了一片微笑,一片会心的微笑,一边出神地凝视着我。沉默降了下来。

在沉默中,我听到了六下钟声。我来了已有一个多钟头了,我应该走了。我站了起来:

"对不起,我忘记了你牙痛了,我不该再搅扰你,我应该走了。"

"啊!连我自己也忘了牙痛,我还忘了我已约定牙医的时间了,我们都觉得互相有许多话要说。你住在巴黎吗?我们可以约一个时间再谈,你什么时候有空吗?"

"我明天就要离开巴黎，"我说，"而且不久就要离开法国了。"

"是吗？"他惊愕地说，"那么我们这次最初的见面也许就是最后一次了。"

"我希望我能够再到法国来，或你能够实现你的中国旅行。"

"希望如此吧。不错，我不能这样就让你走的，请你等一等。"他说着就走到后面的房间中去。一会儿，他带了一本书出来：

"这是我的第三本诗集《码头》（*Débarcadères*），现在已经绝版，在市上找不到的了，请你收了做个纪念吧！"接着他便取出笔来，在题页上写了这几个字：给诗人戴望舒作为我们初次把晤的纪念。茹勒·许拜维艾尔谨赠。

当我一边称谢一边向他告别的时候，他说：

"等一等，我们一道出去吧。我得去找牙医。我们还可以在路上谈一会儿。"

他进去了，我隐隐听见他和家人谈话的声音，接着他便带了大氅雨伞来，因为外面在下雨。向这诗人的书斋投射了最后一眼，我便走出了。诗人给我开了门，让我走在前面，他在后面跟着。

"你没有带伞吗？"在楼梯上他对我说，"天在下雨。不要紧，你乘地道车回去吗？我也乘地道车，我可以送你到那里。你不会淋湿的。"

到了大门口，他把伞张开了。天在下着密密的细雨，而且斜风吹着。于是，在这斜风细雨中，在淋湿的铺道上，在他的伞下面，我们开始彳亍着了。

"你近来有新作吗？"我问。

"我在写一部戏曲，写成了大约交给茹佛（Louis Jouvet）去演。说起，你看过我的《林中美人》（*La Belle au Bois*）吗？"

"那简直可以说是一首绝好的诗。而比多艾夫夫妇（Ludmilla et Georges Pitoëff）的演技，那真是一个奇迹！可惜我没有机会再看一遍了。"

我想起了他的诗作的西班牙文选译集：

"我在西班牙的时候读到你的诗的西班牙译本。如果没有读过你的诗的话，人们一定会当你做一个当代西班牙大诗人呢。的确，在有些地方，你是和西班牙现代诗人有着共同之点的，是吗？"

"约翰·加梭（Jean Cassou）也这样说过。这也是可能的事，有许多关系把我和西班牙连联在一起。那些西班牙现代的新诗人们，加尔西亚·洛尔迦（Garcia Lorca）、阿尔倍谛（Alberti）、沙里纳思（Salinas）、季兰（Guillen）、阿尔陀拉季雷（Alto'aguirre），都是我的很好的朋友。说起，你也常读这些西班牙诗人的诗吗?"

"我所爱的西班牙现代诗人是洛尔迦和沙里纳思。"

我们转了一个弯，经过了一个小方场，夹着雨的风打到我们的脸上来。许拜维艾尔把伞放低了一些。

"我很想选你一些诗译成中国文，"沉默了一些时候之后我对他说，"你可以告诉我你自己爱好的是哪几首吗?"

"唔，让我想想看。"他接着就沉浸在思索中了。

地道车站到了。当我们默不作声地走下地道去的时候，许拜维艾尔对我说:

"你身边有纸吗?"

我从衣袋里取出一张纸给他。他接了纸，取出自来水笔。于是，靠着一个冷清清的报摊，他便把他自己所选的几首诗的诗题写了给我。而当我向他称谢的时候:

"总之，你自己看吧。"他说。

我们走进站去，车立刻就到了。上了拥挤的地道车后，我们都好像被一种窒息的空气以外的东西所封锁住喉咙。我们都缄默着。

Étoile站快到了，我不得不换车回我的居所去。我向诗人握手告别。

"希望我们能够再见吧！"许拜维艾尔紧紧地握着我的

手说。

我匆匆地下了车，茫然在月台上站立着。

车隆隆地响着，又开了，载着那还在向我招手的诗人许拜维艾尔，穿到暗黑的隧道中去。

诗人玛耶阔夫司基①的死

　　像一九二五年十二月二十八日俄罗斯大诗人赛尔该·叶赛宁（Sergoy Essonin）自杀的消息之使我们惊异一样，本年（一九三〇年）四月十四日同国的未来派大诗人符拉齐米尔·玛耶阔夫司基（Vladimir Mayakovsky）自杀的消息又传到我们底耳里来了。最初，我们在新闻纸上所见了的，大约只有这些话："俄国诗人玛耶阔夫司基于本月十四日以手枪自杀于莫斯科，自杀原因闻系因试验诗剧失败云。"这突兀的消息，起初在我们是不可解的吧。叶赛宁是"最后的田园诗人"，他知道自己的诗歌是没有什么可以赠

---

① 玛耶阔夫司基，现通译为马雅可夫斯基（1893—1930），诗人、剧作家。

送给新时代的，于是他便和他所憧憬着的古旧的、青色的、忧郁的俄罗斯和一切旧的事物，因着"铁的生客"的出现，同时灭亡了。这自杀我们可以拿旧传统和新生活的冲突之下的逃世来解释。但是玛耶阔夫司基呢？他并不是旧时代的人物，他是在革命的斗争中长大起来的。他以自己的诗为革命的武器，同时，他是建设着新生活的，建设着社会主义而且要把它扩大到全世界去的人们底诗人。他是梦想着未来的世界是要由他的火一样的诗句来做向导的。但是他却像不惯新生活的旧时代的叶赛宁一样，懦怯地杀害了自己的生命。它的意义是什么呢？

据本年四月十七日莫斯科《少共真理报》的玛耶阔夫司基特刊上的记载，玛耶阔夫司基死后，曾由赛尔差夫（Sertsav）去调查他自杀的原因，赛尔差夫作了这样的一个报告："前此调查之结果，指示出这次自杀是那与诗人的社会行动及文学品行绝无关系的纯个人的原因引起的，此外诗人所不能恢复健康的长病，才成为自杀的先导。"俄国"革命文学国际委员会"的关于玛耶阔夫司基之死的宣言上也说："……个性的狂放与不久前得到的病症，给与诗人这一个悲惨的死的说明……"

我们所得到的关于玛耶阔夫司基自杀的动因，只有上述的两个，就是所谓试验诗剧失败和不能恢复健康的长病。关于前者，我们觉得是不足为信的。第一，他决不是那种因为偶然受到了一点小打击而至于萌短见的人（他的著名的长诗《一万五千万》出版时，竟没有人说它好，他也不以为意）；其次，他的戏剧常是受着群众热烈的欢迎的。一九二〇年的《神秘的滑稽剧》如此，一九二八年的《臭虫》如此，就是他自杀的当夜在梅伊尔霍尔特（Moyerhold）剧场上演的《澡堂》也如此。关于后者，即不能恢复健康的长病这原因，也是有点牵强的吧。果然不治的病是可能成为一个人的自杀的动因的。但是各方面的记载都没有说出他是患了什么不治之症，而且，我们是知道的，玛耶阔夫司基是有一千七百格兰姆重的脑髓、尼阿加拉大瀑布一样洪大的声音、方而阔的肩，和六英尺高的健全的身体的。在自杀的前两天，即十二日，他还出席苏维埃作家联盟的关于著作权新纲领的讨论会和苏维埃人民委员会的关于前草案的讨论会议；自杀的前一天，即十三日，他还和苏维埃作家联盟的主席讨论关于列宁格拉特旅行之事；就是自杀当天的清晨（他是在上午十时十五分自杀的），他也还在自己的寓所里和几位作家作事务上的谈话。

现在，我们且读一读他的最后的遗书吧（以下的译文是根据法国 *Surréalisme au service de la Révolution* 第一号译出），他这样写着：

致一切人：

关于我的死，请不要责备任何人。而且请不要造谣。死者是痛恨谣言的。

母亲，我的姊妹们，请你们恕我：这不是一种方法（我不劝别人这样做），但是我是没有出路。

当局同志们，我的家属是：里里·勃里克（Lili Brik），母亲，我的姊妹们和薇萝尼珈·维托尔陀芙娜·波朗丝珈牙（Veronica Vittoldovna Pollonskaia）。

假使你能使他们生活，谢谢你。

未完成的诗，请交勃里克等。他们会加以整理。

人们是如何说的："意外事是终结了。"

爱情的小舟，

　撞碎在奔流的生命上，

我是和生命没有纠葛了。

用不到去检阅，

　那些苦痛，

　　那些不幸，

　　　和那些相互的谬误。

愿你们幸福！

符拉齐米尔·玛耶阔夫司基

从这封信上看来，玛耶阔夫司基之自杀似乎是由于与所谓试验诗剧失败及不能恢复健康的病没有关系的别的原因，是一种使他苦闷了长久、踌躇了长久的、不是体质上而是心灵上的原因，这原因强使他不得不步着那被他用"在这生活中，死是不难的——创造生活是难得多了"这话笑过的叶赛宁的后尘。

这原因，显然地，是不能和那玛耶阔夫司基赖以滋长、终于因而灭亡的有毒的"欧洲的咖啡精"（La Caféine d'Europe）、未来主义，没有关系的。本来，我们一提到玛耶阔夫司基，便会立刻想到了未来主义，这一种适宜于俄罗斯的地质的、从意大利移植过来的剽悍的植物。所以，在研究玛耶阔夫司基之死之先，我们对于这未来主义应当有一种深切的了解。

第一，我们应当先明了未来主义的阶级性，明了了这个，我们便可以看出这未来主义的大使徒是否与其所从属的社会环境调和的；其次，我们便得探究，假如是不调和的，则这位诗人和他所处的社会之间当起怎样的矛盾和冲突；第三，我们便要讲到在某种心理状态之下的他为自己所开的去路，从而说到他的自杀。我们这样地把我们的研究分为三个步骤。只有这样我们才能把这位《一万五千万》

的作者的自杀的动因，明晰地显示出来。

未来主义是始于一千九百零九年由最初的未来派诗人意大利的斐里坡·多马梭·马里奈谛（Filippo Tommaso Marinetti）主唱的。这是把机械主义和力学主义引入艺术来，作为艺术的中心的课题的第一声。那时是机械的发明把古旧的、舒缓的、梦想的生活完全地更改了的，二十世纪的初头。惊诧着这些机械征服了空间、时间，而且把都市的外貌魔术地变形了的未来主义者们，便开始把轮船、机关车、汽车、飞机、电气、都会的噪音等，盲目地神秘地讴歌起来了。他们是讴歌机械的力学的，但那完全是从没有直接参与生产过程的人们的头脑里发生出来的东西，小资产阶级的，同时是个人主义的东西。日本藏原惟人①在他的一篇短论《新艺术形式的探求》中把这未来主义所歌唱的机械的特质，作了这样的一个分析：

（一）未来主义的机械都是街头的机械 汽车、机关车、飞机、车站、桥梁等，都是街头的机械，是"消费的"机械。工场和其他的地方，都是被外表地处理着的。生产的机械从来没有做过未来主义的艺术的

---

① 藏原惟人（1902—1991），日本评论家、翻译家、社会活动家。

题材。这表示艺术家是离开了生产过程。

（二）机械单被理解为快速力 机械的目的，任务，它的合理性，是在未来主义者视野之外的。他们耽美着机械的盲目性，它的无目的的蓦进性。当然，这不是从事于生产的智识阶级的心理。

（三）陷于机械的拜物主义（fetichismo） 在未来主义者，机械并不是为某种目的的手段，而本身是目的，是理想。这也不是自己从事于机械制造和运使的智识阶级者的心理。

从这些特点看来，未来主义明显地是反抗着过去的一切，而带着一种盲目性、浪漫性、英雄主义来理解新的事物的现代的小资产阶级的产物。它之所以会在产业落后的意大利萌生，并且在产业落后的俄罗斯繁荣，也是当然的事了。未来主义者歌唱着运动，但他们不了解那推动这运动的力和这运动所放在自己前面的对象；未来主义者们歌唱着机械，但他们不了解机械的目的和合理性，未来主义者们反对着学院文化的成为化石了的传统，但他们只作着一种个人主义的消极的反叛。他们在艺术上所起的革命，也只是外表的，只是站在旧世界中的对于旧的事物的毁坏和对于新的事物的茫然的憧憬，如此而已。他们并没有在那作为新的文化的基础的观念，新的生活，新的情感中去深深地探求他们的兴感。他们的兴感纯然是个人主义的。

从这里，我们明白了未来主义的发生是完全基于否定的精神的。马里奈谛之所以首唱未来主义，在最初不过是作为对于当时支配着意大利文坛的唯美主义的反动而出现罢了。只否定过去，而所谓未来者，却不过是偶然在心上浮现的一重幻影而已。一切旧的是已经死去了，一切琐碎的、平庸的都已被未来主义者所毫不顾惜地抛弃了；至于新的呢——他们在等待着新来接受，只要那新的是崇高、是暴乱、是刚打中了他们的理想的英雄事业。

未来主义者自始至终和政治密接地关联着，他们意识到政治的出路是生活的总出路，而他们是努力着生活的创造的。政治上的那一条出路呢？这却是一个问题。然而在未来主义者们看来也不成其为问题的吧。只要是崇高、是暴乱、是英雄事业。于是，法西斯蒂的狂潮可以把意大利的未来主义者们卷去，而在俄罗斯呢，不用说，布尔塞维克的号角声是早已引起玛耶阔夫司基的共鸣了。单是这一个事实，就已经尽够向我们说明未来主义的阶级性。

因此，和对于机械一样，未来主义者们的对于革命的理解，也只是革命是伟大的，它的运动是有纪念碑的

（monumental）性质，和它是破坏着一切的而已。由着马里奈谛从而来歌颂战争，赞扬法西斯蒂的这条道路，玛耶阔夫司基便来歌颂这完全异质的无产阶级的革命！

玛耶阔夫司基，从出身上看来，从他所过的生活上看来，是一个小有产者。他的父亲符拉齐米尔·龚思丹丁诺维契（Vladimir Constantinovich），是一个沙皇治下的山林官。他所受的教育和他的意识也是小资产阶级的。他爱好天文学，他在"蔷薇的灯""彷徨的人""给生存着的诸君"（都是咖啡馆名）里吟着他的诗歌（见《自传》）。他没有脱离现代人所有的一切的懦弱和无情地染着的现代的一切颓废的印迹（见《少共真理报》的"革命文学国际委员会"对于玛耶阔夫司基之死的宣言）。他之所以参加革命的斗争，拥护世界革命，做了革命的诗人和忠实的战士者，就因为他憎恶过去，他需要行动，而革命却能供给他那些在他觉得是可口的食料。于是《给革命的歌》《我们的进行曲》，以及那名诗《一万五千万》等，便和革命的巨大的爆裂弹，群众的亘数世纪的呐喊一起，像尼阿加拉大瀑布（Niagara Falls）一样地震响出来了。从一九一九年到一九二〇年国内战争最猛烈的时代，他带着一种对于未来的世界的热烈的憧憬，画着宣传画，写着煽动诗，动员的口号，反对叛节和投降的檄文。他在革命中看到了几百万的活动着的群众，他歌唱这集团的行进的力学。但是，那集团生活的根底，运动的灵魂，是玛耶阔夫司基所没有正确地把握住的，也是他所不能正确地把握住的。

这里，我们可以注意到，在对于革命的观念的出发点上，玛耶阔夫司基已经走到一条歧异的道路上去，那条由大熊星把自己活活地领着到空中去的（见《我们的进行曲》），并且要在宇宙上涂上彩色（见《劳动诗人》）的、浪漫的、空想的、英雄主义的道路。当十月革命爆发出来的时候，他曾向自己这样地发问：我应不应该接受那革命。他的结论是如此：这在我是不成问题的。那是我的革命（见《自传》）。于是他便用他自己的方式接受了革命。显然，他对于革命的观念是个人主义的。

这样，玛耶阔夫司基和这现实的无产阶级的革命，在根本上已不互相投合。因此，这是必然的，革命在破坏的时期兴感起他的诗，而当这破坏的时期一过去，走上了建设的路的时期，他便会感到幻灭的苦痛，而他的诗也失去了生气（虽然他还写着，还写得很多），而且不为群众所接近了。于是，在这位诗人和其社会环境间，一种悲剧的不调和便会发生了。

大凡一个艺术家当和自己的周围的社会环境起了一种

不调和的时候，艺术家往往走着两条道路：一是消极的道路，即退避到 Tour d'ivoire（象牙之塔）里去，讴歌着那与自己的社会环境离绝的梦想；一是积极的道路，即对于围绕着自己的社会环境，做着为自己的理想的血战。现在，革命的英雄的时代已终结，而走向平庸的持久的建设的路上去。现在，玛耶阔夫司基已分明地看见他所那样热烈地歌颂过的革命，只是一个现实的平凡的东西，则其失望是可想而知了。NEP（新经济政策）之现实，五年计划的施行，都不是他想象中的英雄事业。这些在他都是干燥的，像被他称为非骑士风的（unchivalrous）、黏液质的（phlogmatic）美国一样地平凡。这时，玛耶阔夫司基应当处什么态度呢？他躲避到象牙之塔中去吗？他反对着自己的社会环境做着为自己的理想的血战吗？这些，在我们的有这样伟大的过去的玛耶阔夫司基，和无产阶级的国家苏维埃俄罗斯，都是不可能的。Bon gré, mal gré①，他是被称为"无产阶级的大诗人""忠实的战士"。他不能辜负了这样的嘉誉，无论他的内心是怎样地失望与苦闷。于是，在玛耶阔夫司基的心里，现实的山丘（Sancho）试想来克制幻想的吉诃德（Don Quichotte）了。在最近试演《澡

———————————

① 法语，意为"不管愿不愿意"。

堂》一剧的时候，他曾这样说过：

> ——我认为自己是党的工作人员，我对于自己是
> 接受了党的一切指示。倘使党告诉我说，我的某作品
> 是不适合党的路线的，那么那些作品就可以不必付印。
> 我是为党而工作的啊！

虽则下了这样的决心，但是他总不能克服他的个人主义的宇宙观的残余。他的英雄主义的、骑士风的意识，还时常从他的决心间漏网出来，而使无产阶级的大众难以接近他。这种隔离，他自己是深深地感到，而且想设法弥补的。在本年三月二十五日纪念他的二十年的作品的文学的晚会上，他曾经这样地自白过：

> ——我所愿意进行的工作，真是难于着手——就
> 是工人讲堂和长诗接近的工作……

他看见群众渐渐地从他离开，而且还有些人对于他作不满的批评，所以他还说：

> ——……有些狗对我咬，而加我以某一些罪名，

那些罪名，有些是我有的，有些是我没有的……为着不要听这些谩骂，我真想到什么地方去坐他两年。

但是，"到什么地方去坐他两年"在他是不可能的，他不愿意躲避，他还想作一次挣扎，他说：

　　——但是，我毕竟在第二天从这个悲观主义回头过来了，磨一磨拳头开始打吧，我决定自己是有权生存的，我是为着革命的革命作家，我不是背教者。

他要做一个为革命的革命作家，他不愿做一个背教者，但是他不惯和党的组织工作联接起来（他不是一个党员）。他只觉得他应该拥护那和无产阶级专政的路线符合的文学的路线，但他的在革命前染着的习惯还是很牢固，他以他自己的标准（！）去实现他所认为伟大的（！）决定和议决案，而没有从组织上去实现它的可能（这些都是他自己所说的话，见他的演讲《诗人与阶级》）。

　　在这里，我们是可以看到革命与未来主义这二者之间的矛盾和最尖端的表现了。革命，一种集团的行动，毫不容假借地要强迫排除了集团每一分子的内心所蕴藏着的个人主义的因素，并且几乎近于残酷地把各种英雄的理想来定罪；而未来主义，英雄主义的化身，个人主义在文学上的最后的转世，却还免不得在革命的强烈的压力之下作未意识到的蠢动。玛耶阔夫司基是一个未来主义者，是一个最缺乏可塑性（plasticity）的灵魂，是一个倔强的、唯我的、狂放的好汉，而又是——一个革命者！他想把个人主义的我熔解在集团的我之中而不可能。他将塑造革命呢，还是被革命塑造？这是仅有的两条出路，但决不是为玛耶阔夫司基而设的出路。他自己充分地意识到了这个，于是"没有出路"的他便不得不采取了他自己所"不劝别人这样做的"方法，于是全世界听到了这样的一个不幸的消息——

——诗人符拉齐米尔·玛耶阔夫司基死了！

他，"未来"主义者的玛耶阔夫司基，是已经成为"过去"的了。他已经跟着那徘徊于"革命的盛大的交响乐"之前而毕竟不能领略此中的"神秘"的布洛克（Blok），跟着那正想拔脚向革命直进，而终于"另一只脚又滑倒了"的叶赛宁一起成为"过去"的了。在他成为过去了之后，整万的劳动者、红军、作家、群众等都来参加他的葬仪，而革命文学国际委员会又叫全世界的无产阶级不要把他忘记。像这样，苏维埃俄罗斯可说是已经适当地报答了自己的诗人了——然而，未来的世界恐怕是不会像我们的诗人所企图的那样吧。玛耶阔夫司基及其未来主义及其诗歌，也将要像他本人所诅咒的普希金以至柴霍甫①一样成为纪念碑的遗迹了吧。

一九三〇年五一节

---

① 普希金（1799—1837），俄国诗人。

柴霍甫，现通译为契诃夫（1860—1904），俄国作家。

诗人梵乐希^①逝世

据七月二十日苏黎世转巴黎电，法国大诗人保禄·梵乐希已于二十日在巴黎逝世。

梵乐希和我们文艺界的关系，不能说是很浅。对于我国文学，梵乐希是一向关心着的。梁宗岱的法译本《陶渊明集》，盛成的法文小说《我的母亲》，都是由他作序而为西欧文艺界所推赏的；此外，雕刻家刘开渠、诗人戴望舒、翻译家陈占元等，也都做过梵乐希的座上之客。虽则我国梵乐希的作品翻译得很少，但是他对于我们文艺界一部分的影响，也是不可否认。所以，当这位法国文坛的巨星陨

---

① 梵乐希，现通译为瓦雷里，即保尔·瓦雷里（1871—1945），法国诗人。

堕的时候，来约略介绍他一下，想来也必为读者所接受的吧。

保禄·梵乐希于一八七一年十月三十日生于地中海岸的一个小城——赛特，母亲是意大利人。他的家庭后来迁到蒙柏列城，他便在那里进了中学，又攻读法律。在那个小城中，他认识了《阿弗诺第特》的作者别尔·路伊思[①]，以及那在二十五年后使他一举成名的昂德莱·纪德。

在暑期，梵乐希常常到他母亲的故乡热拿亚去。从赛特山头遥望得见地中海的景色，热拿亚的邸宅和大厦，以及蒙柏列城的植物园等，在诗人的想象之中都留下了深深的印迹。

在一八九二年，他到巴黎去，在陆军部任职，后来又转到哈瓦斯通讯社去。在巴黎，他受到了当时大诗人马拉美的影响，变成了他的入室弟子，又分享到他的诗的秘密。他也到英国去旅行，而结识了名小说家乔治·米雷狄思和乔治·莫亚[②]。

到这个时期为止，他曾在好些杂志上发表他的诗，结

---

① 别尔·路伊思，现通译为皮埃尔·路易（1870—1925），法国诗人。《阿弗诺第特》现译为《阿芙洛狄特》，为皮埃尔创作的小说。

② 乔治·米雷狄思，现通译为乔治·梅瑞狄斯（1828—1909），英国作家。乔治·莫亚，现通译为乔治·摩尔（1852—1933），爱尔兰作家。

集成后来在一九二〇年才出版《旧诗帖》集。他也写了《莱奥拿陀·达·文西方法导论》（一八九五）和《戴斯特先生宵谈》（一八九六）。接着，他就完全脱离了文坛，过着隐遁的生涯差不多有二十年之久。

在这二十年之中的他的活动，我们是知道得很少。我们所知道的，只是他放弃了诗而去研究数学和哲学，像笛卡德在他的炉边似的，他深思熟虑着思想、方法和表现的问题。他把大部分的警句、见解和断片都储积在他的手册上，长久之后才编成书出版。

在一九一三年，当他的朋友们怂恿他把早期的诗收成集子的时候，他最初拒绝，但是终于答应了他们，而坐下来再从事写作；这样，他对于写诗又发生了一种新的乐趣。他花了四年工夫写成了那篇在一九一七年出版的献给纪德的名诗《青年的命运女神》。此诗一出，立刻受到了优秀的文人们的热烈欢迎。朋友们为他开朗诵会，又写批评和赞颂文字；而从这个时候起，他所写的一切诗文，便在文艺市场中为人热烈地争购了。称颂、攻击和笔战替他做了极好的宣传，于是这个逃名垂二十年的诗人，便在一九二五年被选为法兰西国家学院的会员，继承了法朗士的席位了。正如一位传记家所说的一样，"梵乐希先生的文学的成功，在法国文艺界差不多是一个唯一的事件"。

自《青年的命运女神》出版以后，梵乐希的诗便一首一首地发表出来。数目是那么少，但却都是费尽了推敲功夫精炼出来的。一九一七年的《晨曦》，一九二〇年的《短歌》和《海滨墓地》，一九二二年的《蛇》《女巫》和《幻美集》，都只出了豪华版，印数甚少，只有藏书家和少数人弄得到手，而且在出版之后不久就绝版了的。一九二九年，哲学家阿兰评注本的《幻美集》出版，一九三〇年，普及本的《诗抄》和《诗文选》出版，梵乐希的作品始普及于大众。在同时，他出版了他的美丽的哲理散文诗《灵魂和舞蹈》（一九二一）和《欧巴里诺思或大匠》（一九二三），而他的论文和序文，也集成《杂文一集》（一九二四）和《杂文二集》（一九二九）。此外，他的《手册乙》（一九二四）、《爱米里·戴斯特太太》（一九二五）、《罗盘方位》（一九二六）、《罗盘方位别集》（一九二七）和《文学》（一九二九，有戴望舒中译本），也相继出版，他深藏的内蕴，始为世人所知。

梵乐希不仅在诗法上有最高的造就，他同样也是一位哲学家。从他的写诗为数甚少看来，正如他所自陈的一样，诗对于他与其说是一种文学活动，毋宁说是一种特殊的心灵态度。诗不仅是结构和建筑，而且还是一种思想方法和一种智识——是想观察自己的灵魂，是自鉴的镜子。要发现这事实，我们也不需要大批研究梵乐希的书或是一种对于他诗中的哲理的解释。他对于诗的信条，是早已在四十年前最初的论文中表达出来了，就是在那个时候，他也早已认为诗是哲学家的一种"消遣"和一种对于思索的帮助了。而他的这种态度，显然是和以抒情为主的诗论立于相对的地位的。在他的《达文西方法导论》中，梵乐希明白地说，诗第一是一种文艺的"工程"，诗人是"工程师"，语言是"机器"；他还说，诗并不是那所谓灵感的产物，却是一种"勉力""练习"和"游戏"的结果。这种诗的哲学，他在好几篇论文中都再三发挥过，特别是在论拉封丹的《阿陶尼思》和论爱伦坡的《欧雷加》的那几篇文章中。而在他的《答辞》之中，他甚至说，诗不但不可放纵情绪，却反而应该遏制而阻拦它。但是他的这种"诗法"，我们也不可过分地相信。在他自己的诗中，就有好几首好诗都是并不和他的理论相符的；矫枉过正，梵乐希也是不免的。

意识的对于本身和对于生活的觉醒，便是梵乐希大部分的诗的主题，例如《水仙辞断章》《女巫》《蛇之初稿》等等。诗的意识瞌睡着；诗人呢，像水仙一样，迷失在他的为己的沉想之中；智识和意识冲突着。诗试着调解这两者，并使他们和谐；它把暗黑带到光明中来，又使灵魂和可见的世界接触；它把阴影、轮廓和颜色给与梦，又从缥缈的憧憬中建造一个美的具体世界。它把建筑加到音乐上去。生活，本能和生命力，在梵乐希的象征——树、蛇、妇女——之中，摸索着它们的道路，正如在柏格森①的哲学中一样；而在这种"创造的演化"的终点，我们找到了安息和休止，结构和形式，语言和美，槟榔树的象征和古代的圆柱（见《槟榔树》及《圆柱之歌》）。

不愿迷失或沉湮于朦胧意识中，便是梵乐希的杰作《海滨墓地》的主旨。在这篇诗中，生与死，行动与梦，都互相冲突着，而终于被调和成法国前无古人的最隐秘而同时又最音乐性的诗。

人们说梵乐希的诗晦涩，这责任是应该由那些批评和注释者来担负，而不是应该归罪于梵乐希自己的。他相当少数的诗，都被沉没在无穷尽的注解之中，正如他的先师马拉美②所遭遇到的一样。而正如马拉美一样，他的所谓晦涩都是由那些各执一词的批评者们而来的。正如他的一位传记家所讽刺地说的那样，"如果从梵乐希先生的作品所引起的大批不同的文章看来，那么梵乐希先生的作品就是一个原子了。他自己也这样说：'人们所写的关于我的文章，

---

① 柏格森，即亨利·柏格森（1859—1941），法国哲学家、作家。
② 马拉美，即斯特芳·马拉美（1842—1898），法国诗人。

至少比我自己所写的多一千倍。'"

关于那些反对他的批评者的意见，我们在这里也讨论不了那么多，例如《纯诗》的作者勃雷蒙①说他是"强作诗人"，批评家路梭称他为"空虚的诗人"，而一般人又说他的诗产量贫乏等等；而但尼思·梭雷又攻击他以智识破坏灵感。其实梵乐希并没有否定灵感，只是他主张灵感须由智识统制而已。他说："第一句诗是上帝所赐的，第二句却要诗人自己去找出来。"在他的诗中，的确是有不少"迷人之句"使许多诗人们艳羡的；至于说到他的诗产量"贫乏"呢，我们可以说，以少量诗而获得巨大的声名的，在法国诗坛也颇有先例，例如波特莱尔、马拉美和韩波就都如此。

这位罕有的诗人对于思想和情性的流露都操纵有度，而在他的《手册》《方法》《片断》和《罗盘方位》等书中的零零碎碎的哲学和道德的意见，我们是不能加以误解的。那些意见和他的信条是符合的，那就是：正如写诗一样，思索也是一种辛勤而苦心的方法；正如一句诗一样，一个思想也必须小心地推敲出来的。"就其本性说来，思想是没有风格的"，他这样说。即使思想是已经明确了的，但总还须经过推敲而陈述出来，而不可仅仅随便地录出来。梵乐

---

① 勃雷蒙，现通译为布雷蒙（1865—1933），法国神学家。

希是一位在写作之前或在写作的当时，肯花工夫去思想的诗人。而他的批评性和客观性的方法，是带着一种新艺术的表记的。

然而，在说这话的时候，我们的意思并不就是排斥那一任自然流露，情绪突发的诗，如像超自然主义那一派一样。梵乐希和超自然主义派，都各有其所长，也各有其所短，这是显然的事实。

梵乐希已逝世了，然而梵乐希在法国文学中所已树立了的纪念碑，将是不可磨灭的。

银月的光辉

她拍着翅儿飞去了，却将神秘作为她的礼物留给我们。

航海日记（选）

"Journal Sentimental"

Excuse moí, jel'ailu,

（jelatroure dans da table

cammune, grand hasard!）

je l'inlìrtrule ainsi, tu

serais contene.

一九三二年十月八日

今天终于要走了。早上六点钟就醒来。绛年很伤心。我们互相要说的话实在太多了，但是结果除了互相安慰之外，竟没有说了什么话。我真想哭一回。

从振华到码头。送行者有施老伯、蛰存、杜衡、时英、秋原夫妇、呐鸥、王、瑛姊、萸，及绛年。父亲和萸没有上船来。我们在船上请王替我们摄影。

最难堪的时候是船快开的时候。绛年哭了。我在船舷上，丢下了一张字条去，说："绛，不要哭。"那张字条随风落到江里去，绛年赶上去已来不及了。看见她这样奔跑着的时候，我几乎忍不住我的眼泪了。船开了。我回到舱里。在船掉好了头开出去的时候，我又跑到甲板上去，想不到送行的人还在那里，我又看见了一次绛年，一直到看不见她的红绒衫和白手帕的时候才回舱。

房舱是第327号，同舱三人，都是学生。周焕南方大学，赵沛霖中法大学，刁士衡燕大研究院。

饭菜并不好，但是有酒，而且够吃，那就是了。

饭后把绛年给我的项圈戴上了。这算是我的心愿的证物：永远爱她，永远系念着她。

躺在舱里，一个人寂寞极了。以前，我是想到法国去三四年的。昨天，我已答应绛年最多去两年了。现在，我真懊悔有到法国去那种痴念头了。为了什么呢，远远地离开了所爱的人。如果可能的话，我真想回去了。常常在所爱的人、父母、好友身边活一世的人，可不是最幸福的人吗?

吃点心前睡着了一会儿,这几天真累极了。

今天有一件使人生气的事,便是被码头的流氓骗去了一百法郎。

一九三二年十月九日

上午在甲板上晒太阳,看海水,和同船人谈话。同船的中国人竟没有一个人能说得上法语的。下午译了一点Ayala,又到甲板上去,度寂寞的时候。晚间隔壁舱中一个商人何华携Port wine①来共饮,和同舱人闲谈到十点多才睡。

一九三二年十月十日

照常是单调的生活。译了一点儿Ayala。下午写信给绛年、家、蛰存、瑛姊,因为明天可以到香港了。

晚上睡得很迟,因为想看看香港的夜景,但是只看见黑茫茫的海。

———————

① 意为"波特酒"。

一九三二年十月十一日

船在早晨六时许到香港，靠在香港对面的九龙码头。第一次看见香港。屋子都筑在山上，晨气中远远望去，像是一个魔法师的大堡寨。我们一行十一人上岸登渡头到香港去，把昨天所写的信寄了，然后乘人力车到先施公司去，在先施公司走了一转，什么也没有买，和林、周二人先归。船上饭已吃过，交涉也无效，和林、周三人饮酒嚼饼干果腹。醉饱之后，独自上码头在九龙车站附近散步。遇见到里昂去的卓君，招待他上船，又请他给我买了一张帆布床。以后呢，上船到甲板上走走，在舱里坐坐而已。

船下午六时开，上船的人很多。有一广东少女很Charming①，是到西贡去的。她说在上海住过四年，能说几句法文，又说她舱中只她一人（她的舱就在我们隔壁）。我看她有点不稳，大约不是娼妓就是舞女。

船开后便有风浪，同舱的赵沛霖大吐特吐，只得跑出来。洗了一个澡就到甲板上去闲坐。一直坐到十点多才睡。

---

① 意为"迷人"。

Ayala还没有译下去，因为饭堂里又热又闷，简直坐不住。真令人心焦。

一九三二年十月十五日

起身后和同船人一同出去，预备到Cholon去玩，我先去兑钱，中途失散了，找他们不着，便一个人在路上闲逛。寄了信，喝了一瓶啤酒，即回船。他们都在船中了。他们与车夫闹了起来，不会说话，不认识路，只得回来。午饭后，再与他们一同出发到Cholon去。先到marché，乘电车往。Cholon是广东人群住之处。我们在那儿逛了一回之后，到一家叫太湖楼的酒家喝茶，听歌，吃点心。返西贡后，至Photo Ideal去了一趟，辞了邓的约会。到marché去买一顶白遮阳帽，天忽大雨，等雨停了才乘车返舟。

西贡天气很热，又常下雨，真糟糕。第一次饮椰子浆。

一九三二年十月十六日

一直睡到吃午饭的时候。午饭后，在船上走来走去，而已。

夜饭后和林华上岸去喝啤酒，回来即睡。船就要在明晨四时开了。

一九三二年十月十七日

起来时船已在大海中航行了。一种莫名其妙的悲哀捉住了我。我真多么想着家，想着绛年啊。带来的牛肉干已经坏了，只好丢在海里。绛年给我的Sunkist①幸亏吃得快，然而已经烂了两个了。

今天整天为乡愁所困，什么事也没有做。

下午起了风浪，同舱中人，除我以外，都晕了。

在西贡花了许多钱，想想真不该。以后当节省。

一九三二年十月十八日

下午译了一点Ayala。四点半举行救生演习，不过带上救命筏到甲板上去点了一次名而已。吃过晚饭后又苦苦地想着绛年，开船时的那种景象又来到我眼前了。

明天就要到新加坡，把给绛年、蛰存、家、瑛姊的信都写好了。

---

① 即"新奇士"，为水果品牌。

一九三二年十月十九日

上午九时光景到了新加坡，船靠岸的时候有许多本地土人操着小舟来讨钱，如果我们把钱丢下水去，他们就跃入水中去拿起来，百不失一。其中一老人技尤精，他能一边吸雪茄，一边跳入水去。上岸后里昂大学的学生们都乘车去逛了。我和林二人步行去寄信，在马路上走了一圈，喝了两瓶橘子汁，买了一份报回来。觉得新加坡比西贡干净得多。

在码头上买了一粒月光石，预备送给绛年。

船在下午三时启碇，据说明天可以到槟榔（Penang）。

在香港换的美国现洋大上当，只值二十法郎，有的地方竟还不要，而钞票却值到二十五法郎以上。

同舱的刁士衡对我说，他燕大的同学戴维清已把蛰存的《鸠摩罗什》译成英文，预备到美国去发表。

一九三二年十月二十日

船在下午八时抵槟榔。上岸后，与同舱人雇一汽车先在大街上巡游，继乃赴中国庙，沿途棕林高耸，热带之星

175

灿然，风景绝佳，至则庙门已闭，且无灯火，听泉声蛙鸣，废然而返。至春满楼，乃下车。春满楼也，槟城之大世界也。吾侪购票入，有土戏，有广东戏，并亦有京戏。我侪巡绕一周并饮橘子水少许后，即出门，绕大街，游新公市（所谓新公市者，赌场而已），市水果，步行返舟。每人所费者仅七法郎。

一九三二年十月二十一日

睡时船已开，盖在今晨六时启碇者也。

译了点Ayala，余时闲坐闲谈而已。

一九三二年十月二十二日

寂寞得要哭出来，整天发呆而已。

一九三二年十月二十三日

Nostalgie，nostalgie！①

---

① 意为"乡愁"。

一九三二年十月二十四日

上午译了一点儿Ayala。下午船中报告，云有飓风将至，将窗户都关上了，闷得要命。实际上却一点儿风浪都没有。睡得很早，因为明天一早就要到Colombo了。

一九三二年十月二十五日

吃过早饭后，船已进Colombo的港口。去验了护照，匆匆地把给绛年和家里的信写好了，然后上岸去。因为船是泊在港中而不靠岸，而公司的船又已开了，乃以五法郎雇汽船到岸上去。在岸上遇到了同船的诸人，和他们同雇了汽车在Colombo各地巡游，到的地方有维多利亚公园、佛教庙（庙中神像雕得很好，惜已欧化了，我们进去的时候须脱鞋）、Zoo、Museum，无非走马看花而已。回来时寄三信，已不及到船上吃饭，就在埠头上一家Restaurant中吃了。饭后在大街中走了一会儿，独自去喝啤酒。回船休息了一会儿，又到岸上去闲逛，独吃了一个椰子浆，走了一圈，才回船。船在九时开。

一九三二年十月二十六—三十日

五天以来没有什么可记的，度着寂寞的时光罢了。印度洋上本来是多风浪的，这次却十分平静，正像航行在内河中一样。海上除大海一望无际外，什么也看不见，只偶然有几点飞鱼和像飞鱼似的海燕绕着船飞翔而已。

一九三二年十月三十一日

昨夜肚疼，今晨已愈，以后饮食当要小心。

下午四时船中有跑马会，掷升官图一类的玩意儿而已。

晚饭后，看眉月，看繁星，看银河。写信给绛年，蛰存，家。

明天可以到Djiboutī了。

在船中理发。

一九三二年十一月一日

上午十一时到吉布堤。船并不靠码头。我们吃了中饭后，乘小船（每人二 franc①）登岸。从码头走到邮政局，寄了信，即在路上闲走。吉布堤是我们沿路见到的最坏的地方。天气热极，房屋都好像已坍败，路上积着泥，除了跟住我们不肯走的土人外，简直见不到人。我们到土人住的地方去走了一走，被臭气熏了回来，那里脏极了，人兽杂处，而土人满不在乎。有一土人说要领我们去看黑女裸舞，因路远未去，即返舟。

下午四时，船即启碇。

夜间九时船中有跳舞会，我很累，未去。

一九三二年十一月二日

天气很热，不敢做事，整天在甲板上。

一九三二年十一月三日

晚上船中开化装舞会，我也去参加，觉得很无兴趣，只舞了一次，很早就回来睡了。

---

① 意为"法郎"。

一九三二年十一月四日

下午船上有抽签得彩之戏，去看看而已。

一九三二年十一月五日

七时抵Suez，船并不靠岸，上岸去的人简直可以说一个也没有。有许多小贩来卖土货，还有照照片的。我买了一顶土耳其帽，就戴了这帽子照了一张照片。

船在二时许赴Port Said，在Suez运河中徐徐航行，两岸漠漠黄沙，弥望无限。上午所写的给绛年、家的信，是在船中发的。

一九三二年十一月六日

上午五时许醒来，船已到Port Said了。七时起身吃了点心就乘小汽船上岸（13 franc），因为船还是不靠岸。

波塞是一个小地方，但却很热闹，我们上岸后就在大街上东走西看，觉得这地方除了春画可以公开卖和人口混乱外，毫无一点特点。我们在街上足足走了三小时。在书店中买了一册 Vn 回来。吃了中饭后到甲板上去看小贩售物，买了两包埃及烟。

船在四时三刻启碇入地中海。

天气突然凉起来，大家都换夹衣了。

一九三二年十一月七日

今日微有风浪，下午想译 Ayala，因头晕未果。

睡得很早。

一九三二年十一月八日

依然整天没有事做。晚饭后拟好了电报稿，准备到巴黎时发。

林泉居日记（选）

八月一日　晴

早上报上看见香港政府冻结华人资金，并禁止汇款，看了急得不得了。不知丽娟的钱可以汇得出否？急急跑到水拍处去问，可是他却不在，再跑到上海银行去问，停止汇款是否事实，上海汇款通否？银行却说暂时不收。这使我急得像热锅上的蚂蚁，真不知道怎样才好。回来想想，这种办法大概是行不通的，上海有多少人是靠着香港的汇款的，过几天一定有改变的办法出来。心也就放了下来。

下午到中华百货公司买了一套玩具，是一套小型的咖啡具，价三元九角五，预备装在箱中寄到上海去。她看见也许会高兴吧。她要我买点好东西给她玩，而我这穷爸爸却买了这点不值钱的东西（一套小火车要六十余元！），想了也感伤起来了。

昨夜又梦见了丽娟一次。不知什么道理，她总是穿着染血的新娘衣的。这是我的血，丽娟，把这件衣服脱下来吧！

八月二日　晴　晚间雨

早晨又到中国银行去找袁水拍。他说：一般的个人汇款，现在已可以汇了，可是数目很小，每月一千五百元国币，商业汇款还不汇，我交给他的五百元还没有汇出，大概至多汇出一部分。再过一两月给我回音。托人家办事，只好听人家说，催也没用。出来后到上海银行，再去问一问汇款的事。行中人说的话和水拍一样，可是汇费却高得惊人，每国币百元须汇费港币四元九角，即合国币三十余元。还只是平汇，这样说来，五百元的汇费就须一百五十一元，电汇就须一百八十元了，这如何是好！接着就叫旅行社到家中取箱子，可是他们却回答我说，现在箱子已不收了。这是什么道理呢？我说，你们大概弄错了吧，前几星期我也来问过，你们说可以寄的。他们却回答说，从前是可以的，现在却不收了。真是糟糕，什么都碰鼻子，闷然而返。

下午到邮局时收了丽娟的一封信，使我比较高兴了一点。信中附着一张照片，就是我在陈松那里看到过的那张，我居然也得到一张了！从报馆出来后，就去中华百货公司起了一个漂亮的镜框，放在案头。现在，我床头、墙上、五斗橱上、案头，都有了丽娟和朵朵的照片了。我在照片的包围之中过度想象的幸福生活。幸福吗？我真不知道这是幸福还是苦痛！

一件事忘记了，从中国银行出来后，我到秋原处去转了转，因为他昨天叫徐迟带条子来叫我去一次，说有事和我谈。事情是这样的：天主堂需要一个临时的改稿子的人，略有报酬，他便介绍了我。我自然答应了下来，多点收入也好。事情说完了之后……就走了出来。

三日　雨

上午到天主堂去找师神父，从他那儿取了两部要改的稿子来。报酬是以字数计的，但不知如何算法，也不好意思问。晚间写信给丽娟，告诉她汇款的困难问题，以及箱子不能寄，关于汇款，我向她提出了一个办法，就是叫她每两月到香港来取款一次。但我想她一定不愿意，她一定以为我想骗她到香港来。

四日　晴

陆志庠对我说想吃酒，便约他今晚到家里来对酌。这几天，我感到难堪的苦闷，也可以借酒来排遣一下。下午六时买了酒和罐头食品回来，陆志庠已在家等着了。接着就喝将起来。两人差不多把一大瓶五加皮喝完，他醉了，由徐迟送他回去。我仍旧很清醒，但却止不住自己的感情，大哭了一场，把一件衬衫也揩湿了。陈松阿四以为我真醉了，这倒也好，否则倒不好意思。

徐迟从水拍那里带了三百元来还我，说没有法子汇，其余的二百元呢，他无论如何给我汇出。这三百元如何办呢？到上海银行去，我身边的钱不够汇费。没有办法的时候，到十一二号领到稿费时电汇吧，汇费纵然大也只得硬着头皮汇了！

今天下午二时许，许地山突然去世了。他的身体是一向很好的，我前几天也还在路上碰到他，真是想不到！听说是心脏病，连医生也来不及请。这样死倒也好，比我活着受人世最大的苦好得多了。我那包小小的药还静静地藏着，恐怕总有那一天吧。

八月五日　晴

上午又写了一封信给丽娟，又把六、七两月的日记寄了给她。我本来是想留着在几年之后才给她看的，但是想想这也许能帮助她使她更了解我一点，所以就寄了给她，不知她看了作何感想。两个月的生活思想，等等，大致都记在那儿了，我是什么也不瞒她的，我为什么不使她知道我每日的生活呢？

中午许地山大殁，到他家里去吊唁了一次。大家都显着悲哀的神情，也为之不欢。世界上的人真奇怪，都以为死是可悲的，却不知生也许更为可悲。我从死里出来，我现在生着，唯有我对于这两者能作一个比较。

六日　晴

前些日子，胡好交了一本稿子给我，要我给他改。这是一个名叫白虹的舞女写的，写她如何出来当舞女的事。我不感兴趣，也没有工夫改，因此搁下来了。后来徐迟拿去看，说很好，又去给水拍看，也说好。今天他们二人联名写了一封信，要我交给胡好，转给那舞女，想找她谈谈。这真是怪事了。但我知道他们并不是对女人发生兴趣，他们是想知道她的生活，目的是为了写文章。我把信交给胡好，胡好说，那舞女已到重庆去了。这可使徐迟他们要失望了吧。

好几天没有收到丽娟的信了。又苦苦地想起她来，今夜又要失眠了。

七日　晴

昨天龙龙来读法文的时候对我说，她父亲说，大夏大学决定搬到香港来（一部分），要请我教国文。所以今天吃过饭之后，我便去找周尚，问问他到底如何情形。他说，大夏在香港先只开一班，大学一年级，没有法文，所以要请我教国文。可是薪水也不多，是按钟点计算的，每小时二元，每星期五小时，这就是说每月只有四十元，而且还要改卷子。这样看来，这个事情也没有什么好，我是否接受还不能一定，等将来再看吧。

今天阴历是闰六月十五，后天是丽娟再度生日，应该再打一个电报去祝贺她。

八日 晴

　　吃中饭的时候，徐迟带了一个袁水拍的条子来，说二百元还不能汇，但是他在上海有一点存款，可以划二百元给丽娟，他一面已写信给他在上海的朋友，一面叫我写信告诉丽娟。我收到条子后，就立刻写信给丽娟，告诉她取款的办法。

　　饭后去寄信的时候，使我意外高兴的，是收到了一封丽娟的信，告诉我她已搬到了中一村，朵朵生病，时彦生活改变，又叫我买二张马票。真是使人不安。朵朵到了上海后常常生病，而她在香港时却是十分康健的。我想还是让朵朵住到香港来好吧。时彦也很使我担忧。穆家的希望是寄在他身上，而现在他却像丽娟所说的"要变第二个时英了"！这十年之中，穆家这个好好的家庭会变成这个样子，真是使人意想不到的。财产上的窘急倒还是小事，名誉上的损失却更巨大。后一代的人，几乎没有一个例外，都过着向下的生活，先是时英时杰，现在是丽娟时彦，这难道是命运吗？岳母在世发神经时所说"鬼寻着"的话，也许不是无因的……关于时彦，我想一方面是环境的不好，另一方面丽娟的事也是使他受了刺激的。在上海的时候，我就看见他为了丽娟的事而失眠。他想想一切都弄得这样了，好好做人的勇气自然也失去了。

但愿时彦和丽娟两个人都回头吧！他们是穆家有点希望的人！

现在已二时，今天恐怕又要睡不好了。

九日　晴

早上九点钟光景，徐迟来叫醒了我说陈松昨夜失窃了！她把一共五十元光景的钱分放在两个皮匣里，藏在抽斗中，可是忘记把抽斗锁上了。偷儿从窗中爬进来，把这钱取了去。时候一定是在半夜四时许，因为我在三时还没有睡着。后来沈仲章上来说，贼的确是四点钟光景来的。他听见狗叫声，马师奶也听见狗叫声而起来，看见一个人影子闪过。奇怪的是贼胆子竟如此大，奇怪的是徐迟夫妇会睡得这样熟，奇怪的是我住到这里那样长又没有失窃过，而陈松来了不久就被窃了。这也是命运吧。陈松很懊丧，因为她所有的钱都在那里了。徐迟去报了差馆。差馆派了人来问了一下。可是这钱是没有找回来的希望了。

今天打了一个贺电给丽娟，贺她今年再度的生日。

晚间马师奶请吃夜饭，有散缪尔等人。马师奶说，巴尔富约我们明天到他家里去吃茶。我又有好久没有看见他了，可是实在怕走那条山路。

十日　晴

今天是星期日，上午到报馆里去办了公，下午便空出来了。吃过午饭之后，我提议到浅水湾去游泳，因为陈松自从失了钱以来，整天愁着，这样可以忘掉。于是大家决意先到浅水湾，然后到巴尔富家去吃点心。决定了便立即动身到油麻地坐公共汽车去。在公共汽车上遇到了许多人，乔木、夏衍等，他们也是去游泳的，便一起出发。浅水湾的水还是很脏，水面上满是树枝和树叶，可是我们仍然在那里玩了长久，因为熟人多的缘故，连时光的过去也不觉得了。出水后已五时许，坐了一下后，即动身到巴尔富家去。

在走上山坡的时候，我忽然想起丽娟和朵朵来，去年或是前年的有一天下午，我们一同踏着这条路走上去过，其情景正像现在的徐迟夫妇和徐律一样。但是这幸福的时候离开我已那么远那么远了！在走上这山坡的时候，丽娟，你知道我是带着怎样的惆怅想着你啊！到了山顶的时候，巴尔富和马师奶已等了我们长久了，于是围坐下来饮茶吃点心，并随便闲谈，一直谈到天快晚的时候才下山来。下山来却坐不到公共汽车，每辆车子都是客满，没办法了，只好拔脚走，一直走到快到香港仔的时候，才拦到了一辆巴士，坐着回来。匆匆吃了夜饭就上床，因为实在疲倦极了。

十一日　晴

上午到报馆去领稿费，出来随即把丽娟的三百元交上海银行汇出去，恐怕她又等得很急了吧。汇费是十七元七角四分港币，真是太大了，上次汇五百元的时候，我觉得十七元余的汇费已太大，不料这次汇三百元都要十七元余。如果再加，如何能负担呢？

银行里出来后，又到跑马会去买了三张马票，两张是要寄给丽娟的，一张留着给自己。希望中奖吧！

上午屠金曾对我说，上海同人今天下午到丽池去游泳，叫我也去，所以下午也到报馆去，可是光宇、灵凤等又不想去了。屠氏兄弟周新等以为他们失信，心中不太高兴，便仍旧拉着我去。在丽池游了三小时光景，我觉得已比从前游得进步一点了。在那里吃了点心回来。

十二日　晴

上午写信给丽娟，并把两张马票附寄给她。在信中我把我收到她的信的那一天的思想告诉了她。……这个天真的人，我希望她一生都在天真之中！我要永远偏护她，不让她沾了恶名。她不了解我也好，我总照着我自己做，我深信是唯一能爱她而了解她，唯一为她的幸福打算的人，等她年纪再大一点的时候，等她从迷梦中清醒过来的时候，她总有一天会知道我的。

身边还余五十余元，交了三十五元给阿四，叫她明天把丽娟去沪时的当赎出来。

十三日　晴

早上阿四把丽娟所典质的东西取了回来，一个翡翠佩针、一个美金和朵朵的一个戒指。见物思人，我又坠入梦想中了。这两个我一生最宝爱的人，我什么时候能够再看见她们啊！在想到无可奈何的时候，我的心总感到像被抓一样地收紧起来。想她们而不能看见她们，拥她们在怀里，这是多么痛苦的事啊！我总得设法到上海去看她们一次，就是冒什么大的危险也是甘愿的！现在还有什么东西使我害怕呢？死亡也经过了，比死更难受的生活也天天过着。我一定得设法去看她们。

晚间到文化协会去讲小说研究，因为是七点半开始的，所以没有吃饭，九时许回家的时候，袁水拍在这里，便和他以及徐迟夫妇到大公司去，他们吃茶我吃饭，回来不久就睡。

十四日　晴

徐迟这人真莫名其妙，对陈松一会儿好，一会儿坏，对朋友也是这样。现在，他自己觉得是前进了，脾气也越来越古怪了。我看到他一张纸，写着说，以后要只和"朋友"来往，即日设法搬到朋友附近去住。所谓"朋友"是指那些所谓"前进"的人，即夏衍、郁风、乔木、水拍等。如果他要搬，我也决不留他，反正他们住在这里我也便宜不了多少。他们管饭以来，菜总是不够吃的。丽娟，你什么时候能够回来啊！

饭间复陆侃如夫妇和吴晓铃的信，又把他们在《俗文学》的稿费寄给他们。

十五日　晴

上午到邮政局去，出于意外地，收到了丽娟在本月七日所发的信。我以前写信请她搬到前楼去，她回信却说宁可省一点钱，将就住在亭子间里。其实这点钱何必省呢？也许因住得不好而生病，反而多花钱。再说，我已答应多的房钱由我来出的。她说她身体不好，轻了六磅，这也是使我不安心的，我真希望她能回到香港来，让我可以好好地服侍她，为她调理。她劝我不要到上海去，看看照片也是一样。唉，哪里能够一样！信上有一句话使我很以为惊喜，即她说"也许我过了几天已在香港也说不定"。也许真会有这样的事吧！于是我想到她没有人口证，上海也不能领，就是要来也来不成的，于是在抽斗里找出了她的两张照片，饭后去讨了领证纸，填好了又去找胡好作保，然后送到旅行社请他们去代领。这次是领的两年的，七元，这样可以用得时间长一点。旅行社说现在领证颇多困难，能否领得犹未可知。出来的时候，颇有点担心，可是总不至于会有什么大困难吧。

出了旅行社又回报馆去，因为今天是十五，是报馆上海同人茶叙的日子。今天约在丽池，既可以饮茶，又可以游泳。发好稿子后，便和他们一同出发去。游泳的仅有周新、屠金曾、糜文焕和我四人，其余的都坐着吃茶点看看。在那里玩了三时光景，然后回家来。今日领薪。

十六日　晴

昨天收到了丽娟那封信，高兴了一整天，今天也还是高兴着。丽娟到底是一个有一颗那么好的心的人。在她的信上，她是那么体贴我，她处处都为我着想，谁说她不是爱着我呢？一切都是我自己不好，都是我以前没有充分地爱她——或不如说没有把我对于她的爱充分地表示出来。也许她的一切行为都是对我的试验，试验我是否真爱她，而当她认为我的确是如我向她表示的那样，她就会回来了（但是我所表示的只是小小的一部分罢了，我对于她感情深到怎样一种程度，是怎样也不能完全表示的）。正像她是注定应该幸福的一样、我的将来也一定是幸福的，我只要耐心一点等着就是了。这样，我为什么常常要想起那种暗黑的思想呢？这样，在我毁灭自己的时候，我不是犯了大错误吗？我为什么要藏着那包药？这样一想，我对于那包药感到了恐怖，好像它会跳进我口中来似的，我好像我会在糊涂时吞下它去似的。这样，我立刻把这包小小的东西投在便桶中，把它消灭了，好像消灭了一个要陷害我的人一样。而这样心理十分舒泰起来。是的，我将是幸福的，我只要等着就是了。

心里虽则高兴，却又想起丽娟在上海一定很寂寞。我怎样能解她的寂寞呢？叫别人去陪她玩，总要看别人的高兴。周黎庵处我已写了好几封信去，瑛姊、陈慧华等处也曾写了信去，不知她们会不会常常去找找她，以解她的寂寞呢？咳，只要我能在上海就好了。

十七日　晴

晚间写信复丽娟，并把赎当等事告诉她。她来信要我写信给周黎庵，要他教书，所以我又写了一封信给黎庵。不过报酬如何算呢？我们已麻烦他的太多了，这次不能再去花他许多时间。可是信上也不能如何说，还是让丽娟自己去探听他一声吧。

我平常总是五点钟回家后就工作着的，每逢星期六、日，徐迟夫妇要出去的时候，我总感到一种无名的寂寞之感。今天又是星期日，可是吃完晚饭，天忽然下起雨来。这样，徐迟夫妇不出去了，我也能安心地工作写信了。

今天去付了房租。又把母亲的六十元封好了，准备明天去寄。

下午遇见正宇，说翁瑞吾要回上海去。现在忽然想起，给丽娟的衣料等物何不请他带去？他可以交给孙大雨，由丽娟去拿。明日去找他，托托他吧。

十八日　晴

下午带了一包要带到上海去的东西去找翁瑞吾，可是他已经出去了。便把东西留在那儿，并托正宇太太对瑞吾说一声。我想他总答应带的吧。好在东西不多，占不了多少地方。

晚间马师奶请她的三个女学生吃饭，叫沈仲章、何迅和我三人做陪客。一个是姓何的，名叫Geitunde，两个姓余的，是姊妹，一叫Maguatt，一忘掉。三个人话很多，说个不停，一直说到十一点光景才走。姓何的约我们大家在下下星期日到赤柱去钓鱼野宴并游水，她在赤柱有一个游泳棚，可以消磨一整天。

十九日　晴

一吃完中饭就去找翁瑞吾，他正在午睡。醒来后，他对我说，他明天就要去上海了，东西可以代为带去，这使我放了一个心。我请他把东西放在大雨家里，让丽娟去拿。然后道谢而出，回家写信告诉丽娟。

从报馆回来的时候，在邮局中取到一封丽娟的信。那是八月十一日发的，还没有收到我的钱，可是却收到了我的日记。我之寄日记把她看，是为了她可以更充分一点地了解我，不想她反而对我生气了。早知如此，我何必让她看呢？她说她的寂寞我是从来也没有想到过，这其实是不然的。我现在哪一天不想到她，哪一个时辰不想到她。倒是她没有想我是如何寂寞，如何悲哀。我所去的地方都是因为有事情去的，我哪里有心思玩。就是存心去解解闷也反而更引起想她。而她却不想到我。

她来信说周黎庵已经在教她读书了。这很好。我前天刚写出了给黎庵的信，不知现在报酬如何算法？丽娟信上说，书已上了几天，但她已吃不消了。她是不大有长性的，希望她这次能好好地读吧。

二十日　晴

今天是文化协会上课的日子，我还一点也没有预先预备，一直等下午报馆回来后才临时预备了一下。上课的时候，居然给我敷衍了两小时。上完了课，已九时半，肚子饿得要命，一个人到"加拿大"去吃了一顿西餐、一瓶啤酒。吃过饭坐三号Ａ，一直坐到摩星岭下车，然后一个人慢慢地踱回家来。这孤独的散步不但不能给我一点乐趣，反而使我格外苦痛。没有月亮的黑黝黝的天，使我想起了那可怕的梦，想起了许多可怕的事。我想到梁蕙在西贡给日本人杀害了（这是我第一次想起她），想到我睡在墓穴里，想到丽娟穿着染血的嫁衣。……一直到回家后才心定一点。

二十一日　晴

从报馆回来的时候，又收到了一封丽娟的信，告诉我电汇的三百元已收到了，但是水拍划的那二百元却没有提起，我想不久总会收到的吧。

她说她也赞成一月来港取钱一次的办法，但是她却很害怕旅行。她说她也许今年年底或明年年初能到香港来一次。这是多么可喜的消息啊！丽娟，我是多么盼望你到香港来。我哪里会强留你住？虽则我是多么愿意永远和你在一起，但是如果这是你所不愿意，我是一定顺你的意去做的。……这一点你难道到现在也还不明白啊？

她叫我把箱子在八月底九月初带到上海去，可是陶亢

德、沈仲章现在都不走，托谁带去好呢？小东西倒还可以
能转辗托人，这样大的箱子别人哪里肯带呢？

二十二日　晴

下午中国旅行社打电话来，说丽娟的二年人口证已领
到了，便即去拿来。

这几天真忙极了，除了天主教的《耶稣传》《星座》上
的长篇外，还要赶天主堂托我改的稿子，弄得一点空儿也
没有，连丽娟的信也没有回，真是要命。今天的日记也只
得寥寥几行了。

二十三日　雨

下午灵凤找我吃茶，拿出新总编辑给他的信来给我看。
那是一封解职的信，叫他编到本月底，就不必编下去了。
陈沧波来时灵凤是最起劲招待的，而且又有潘公展给他在
陈沧波面前打招呼的信，想不到竟会拿他来开刀。他要我
到胡好那儿去讲，我答应了，立刻就去，可是胡好不在。
于是约好明天早晨和光宇一起再去找他。

今天徐迟在漫协开留声机片音乐会，并有朗诵诗。我

本来就不想去，刚好马师奶来请吃夜饭，便下楼去了。客人是勃脱兰和山缪儿。谈至十一时，上楼改译稿。睡已二时。

二十四日　阴

叶灵凤昨天约我今天早晨到他家里，会同了光宇一同到报馆里去找胡好，所以我今天很早就起来，谁知到了灵凤家里，灵凤还没有起身，等他以及光宇都起来一起到报馆的时候，已经快十一点钟了。我和光宇先去找胡好。胡好在那里，说到灵凤的事的时候，胡好说陈沧波说灵凤懒，而且常常弄错，所以调他。但是胡好说，他并不是要开除他，只是调编别一栏而已。这是陈沧波和胡好不同之处。这里等到一个答复后，便去告诉灵凤，他也安心了。可是陈沧波的这种行为，却激起了馆中同事的公愤。他的目的，无非是要用私人而已。恐怕他自己也不会长久了吧。

下午很早就回来，发现抽斗被人翻过了。原来是陈松翻的。我问她找什么，她不说，只是叫我走开，让她翻过了再告诉我，我便让她去翻，因为除了梁蕙的那三封信以外，可以算作秘密的东西就没有了。我当时忽然想到，也许她收到了丽娟的信，在查那一包药吧。可是这包药早已在好几天之前丢在便桶里了。等她查完了而一无所获的时候，我盘问了她许久她才说出来，果然是奉命搜查那包药的。我对她说已经丢了，不知道她相信否？她好像是丽娟派来的监督人，好在我事无不可对人言，也没有什么对不起人的地方，随便她怎样去对丽娟说是了。

晚间灵凤请吃饭，没有几样菜，人倒请了十二个，像抢野羹饭似的吃了一顿回来。又赶校天主堂的稿子。

二十五日　雨

午饭后把校好的稿子送到天主堂去，可是出于意外地，只收到了十元的报酬，而我却是花了五个晚上工夫，真是太不值得了。下次一定不干了。

报馆里回来的时候，陈松对我说，想请我教法文。我真不知道她读了法文有什么用处，可是我也不便把这意思说出来。丽娟曾劝我要把脾气改得和气一点，所以我虽则已没有什么时间了，却终于硬着头皮答应下来，而且即日起教她。龙龙每星期要白花我三小时光景，而现在她又每天要白花我半小时，这样下去，我的时间要给人白花完了！陈松相当地笨，发音老教不好，丽娟要比她聪明得多呢。

二十六日　雨

今天感到十分地疲劳，头又胀痛得很，晚饭后写信给丽娟，并把人口证寄给她。现在，我感到剧烈的头痛，连日记也不想多写了。

二十七日　晴

今天头痛已好了一点，但是仍感疲倦。大约是这几天工作的时间太多了吧。为此之故，我上午一点事也没有做，可以得到一点休息。但是实际上这一点点的休息又有什么用呢？

徐迟回来午饭的时候带了一封秋原的信来，附着一张法文的合同。这是全增嘏的一个律师朋友托译的，说愿意出一点报酬。我想赚一点外快也好，在夜饭后就试着译。可是这东西不容易译，花了许多时间只译了一点点，而头却又痛起来，就决计不去译它，请徐迟带还秋原去。

收到大雨的信，要我代寄一封信给重庆任泰，可是信是分三封寄来的，要等三封齐了之后才可以代他寄出去。

今天又到文化协会去讲了一小时许诗歌。

二十八日　晴

中饭菜不够吃，我饭吃得很少，到报馆办公完毕，肚子饿得厉害，便一个人到"美利坚"去吃点心，快吃完的时候，报馆的同事贾纳夫跑到我座位上来，原来他在我后面，我起先没有看见。他便和我闲谈起叶灵凤的事来。后来，他忽然对我说，他最近有一个朋友经过香港回上海去，是丽娟的朋友，在我这次到上海去时和我见过，这次本来想来找我，可是因为时间匆促，所以没有来。这真奇怪极了！我在上海除了极熟的朋友外，简直就一个人也没有遇到过。更奇怪的是贾纳夫说这些话时候的态度，吞吞吐吐地好像有什么秘密在里面似的，好像带着一点嘲笑口吻似的。我立刻疑心到，这人也许就是姓×的那个家伙吧。他到内地去鬼混了一次，口称是为了她去吃苦谋自立，可是终于女人包厌了，趣味也没有了，以为家里可以原谅他仍旧给他钱用，便又回到上海去。我猜这一定是他，又不知他在贾纳夫面前夸了什么口，怎样污辱了她的名誉。我便立刻问贾纳夫这人叫什么名字，他又吞吞吐吐了半天，才说是姓梁叫月什么的（显然是临时造出来的）。我说我不认识这个人，也没有见过这个人。他强笑着说，也许你忘记了。这样说着，推说报馆里还有事，他就匆匆地走了。

这真使我生气！……我真不相信这人会真真爱过什么人。这种丑恶习惯中养成的人，这种连读书也读不好的人，这种不习上进单靠祖宗吃饭的人，他有资格爱任何女人吗？他会有诚意爱任何女人吗？他自己所招认的事就是一个明证。他可以对一个女人说，我从前过着荒唐的生活，但是那是因为我没有碰到一个爱我而我又爱她的女人，现在呢，我已找到我灵魂的寄托，我做人也要完全改变了。有经验的女人自然不会相信这种鬼话，但是老实的女人都会受了他的欺骗，心里想：这真是一个多情的人，他一切的荒唐生活都是可以原谅的，第一，因为他没有遇到一个真心爱他的人，其次，他是要改悔成为一个好人，真心地永远地爱着我，而和我过着幸福的生活了。真是多么傻的女人！她不知道这类似的话已对别的女人不知说过多少遍了！如果他那一天吃茶出来碰到的是另一个傻女人，他也就对那另一个傻女人说了！女人真是脆弱易欺的。几句温柔的话，一点虚爱的表示，一点陪买东西的耐心，几套小戏法，几元请客送礼的钱，几句对于容貌服饰的赞词，一套自我牺牲与别人不了解等的老套，一篇忏悔词，如此而已。而老实的女人就心鼓胀起来了，以为被人真心地爱着而真心地去爱他了。这一切，这就叫爱吗？这是对于"爱"这一个字的侮辱。如果这样是叫做爱，我宁可说我没有爱过。

二十九日　晴

下午到报馆去的时候，屠金曾对我说，陈沧波已带了一个编"中国与世界"栏的人来，又不要灵凤发稿了。我以为灵凤的事已结束了，谁知道还是有花样。问题是如此：要看灵凤自己意思如何，如果他可以放弃这一栏而编其他栏，那么就让开，反正胡好已答应不停他的职。如果他决定要编"中国与世界"栏呢，我们也可以硬做。于是便和馆中上海人一齐到"中华阁仔"去谈论这事。灵凤的主见没有一定，又想仍编这一栏，又怕闹起来位置不保。于是决定今天由他自己再和胡好去相商一次然后再作计较。

饮茶出来，在邮局中收到了丽娟十九日写的信，说水拍划的二百元已收到了。她这封信好像是在发脾气的时候写的。我不知道她为什么又生气，难道我前次信上说让朵朵到香港来，她听了不高兴了吗？她也是很爱朵朵的，她不知道朵朵在港身体可以好一点，读书问题也可以解决了吗？

三十日　晴

小丁来吃中饭。他刚从仰光回来不久，所以我约他再来吃夜饭谈谈。我叫阿四买一只鸡，又买牛肉，徐迟买酒及点心，他自己也带一样菜来。这样一凑，菜酒就不错了。他七时就来，先吃茶点，然后饮酒吃饭，谈谈说说，讲讲笑话，也是乐事，所可惜者，丽娟不在耳。饭后余兴未尽，由小丁请我们到大公司饮冰，十二时许始返。

三十一日　晴

早上睡得正好，沈仲章来唤醒了我。原来今天是何姑娘约定到赤柱去钓鱼的日子，我却早已忘记了。匆匆洗脸早餐毕，马师奶、何迅已等了长久了。便一起出发到何家去。何家相当富丽堂皇，原来她是何东的侄女。到了那里，她也等了长久了。余家姊妹不在，说是直接到赤柱了，却另加了赵氏姊妹二人，都是何的表姊。一行七人到码头乘公共汽车去赤柱，何虽则已带了大批食物，沿途又还买了水果等物。到了赤柱，就到她家的游水棚，不久玛格莱特·何也来了，可是她姊姊却没有来。于是除了仲章和马师奶外，大家都下去游水。在这些人之中，我是游得最坏，而且海边石子太多，把我的脚也割破了，浸了一会儿，就独自上岸来和马师奶闲谈。等他们上来，就一同冷餐。冷餐甚丰。饭后躺在榻上小睡一会儿，又下海去游了一下，这时她们坐着小船去叫钓鱼船，叫来后，大家一齐上船。唯有何、余和何迅三人不坐船，跟着船游出去，游了一里多路。船到海中停下来，吃了点心然后钓鱼。钓鱼不用竿子，只用一根线，以虾为饵。起初我钓不着，后来却接连钓到了三条，仲章钓到了一条河豚鱼，因为有毒，弄死了丢下水去。差不多大家都钓到，一共有二十几条，各种各类都有，可惜都不大。其间我曾跳到水中去游了几分钟。那地方水深五十余尺，可是他们都是游水好手，又有船去，所以我敢跳下去，可是一跳下去就怕起来，所以不久就上来了。马师奶也跳下去的，我以为她是不会游的，哪知她游得很好。八时许才回到游水棚，天已黑了。我因为报馆要聚餐，所以不在棚中晚饭，独自先行，可是脱了九点一刻的公共汽车，而且也赶不及聚餐了（在九龙桂园），只好再回游水棚去吃饭。饭后在沙滩上星光下闲谈，余小姐老提出傻问题来问我，如写诗灵感哪里来的之类。乘末班车归，即睡。整天虚度了！

致叶灵凤

灵凤：

　　几乎有半年没有见面了，你生活好吗？你或许要怪我没有写信给你，你或许会说我懒。但是这实在是冤枉了我。我在这里是一点空也没有。要读书，同时为了生活的关系，又不得不译书，而不幸的又是生了半个月的病，因此便把写信的事搁了起来。好在老兄是熟朋友，我想你总能原谅我的。

　　在《现代》中读到老兄的两篇大作：《紫丁香》和《第七号女性》，觉得你长久搁笔之后，这次竟有惊人的进步了。你还有新作吗？这两篇中，我尤其爱《第七号女性》这篇，《紫丁香》没有这一篇好。这是我的意见，不知你以为如何？

你给我的那张介绍片我尚未用，因为我没有到里昂去。或许下半年要去一趟。你有什么话要我转言吗？

知道你现在爱读Heimingway，John Dos Passos①诸人的作品，我记得巴黎Crosby书店有Heimingway的作品出版，明后天进城去时当去买来送你，和《陶尔逸伯爵的舞会》②第三次稿同时寄奉。

祝你快乐！

望舒二十二年三月五日

---

① 即海明威（1899—1961），约翰·多斯·帕索斯（1896—1970），两人均为美国小说家。

② 为法国作家雷蒙·拉迪盖（1903—1923）的作品，又译为《德·奥热尔伯爵的舞会》。

致郁达夫

达夫兄：

前函已收到否？因为通邮不便，把什么事情都弄糟了。关于星岛日报事，已详前函。这里的经理是个孩子，性急，做事无秩序，所以什么都弄得乱七八糟。其实我也太把细，太要做得漂亮一点，而某一些人又无耻钻营，再加上道远音讯阻隔，结果造成了这个现在的局面。这里，我只得向他致万分的歉意。

《星座》的稿费始于十八日领到，我怕你也许要用钱，在十三号去预支了薪水在十四日寄你，这时想已收到了吧。这里的事什么都不顺手，例如稿费的事，纠葛就发生了不少，编辑部在七月三十一日就把稿费单发下去，会计部却搁到五六号才发通知单（而且不肯直接寄钱，要等作者寄回收据后才寄）。在本地的作者，竟有领到七八次才领到的（例如马国亮），不知是没预备好还是什么，今天发一点，明天发一点，最迟竟有等到二十一号才领到的（如叶秋原），使我们感到异常苦痛，自领的说我们侮辱他们，代领的更吃了挪用的冤枉，谁知道实际情形是如此。这月底以后，我决定和会计部办交涉，得一个妥善的办法，这样下去作者全给他们得罪到了（特稿稿费收据请寄下，我替你去代领寄奉）。

《星岛》是否天天收到？星座稿子很是贫乏，务恳仍源源寄稿，至感，至感。中篇小说究竟肯答应给我写否？因为看见你给陶公信上也说写中篇，到底是一个呢，还是两个？

家里孩子病还没有好，自己也因疲倦至而有点支持不下去，什么时候能过一点悠闲的生活呢！精神生活也寂寞得很，希望从你的信上得到一点安慰。即请俪安

望舒二十三日

映霞均此（如达夫离开汉寿，此信务烦转去）

行迹已决定后乞来示告知。

八月二十三日

致艾青

……这样长久没有写信给你，原因是想好好地写一首诗给你编的副刊，可是日子过去，日子又来，依然是一张白纸，反而把给你的信搁了这么久，于是只好暂时把写诗的念头搁下，决定在一星期内译一两首西班牙抗战谣曲给你——我已收到西班牙原本了。

……诗是从内心的深处发出来的和谐，洗练过的；……不是那些没有情绪的呼唤。

抗战以来的诗我很少有满意的。那些浮浅的、烦躁的声音、字眼，在作者也许是真诚地写出来的，然而具有真诚的态度未必是能够写出好的诗来。那是观察和感觉的深度的问题，表现手法的问题，各人的素养和气质的问题。

我很想再出《新诗》，现在在筹备经费。办法是已有了，那便是在《星座》中出《十日新诗》一张。把稿费捐出来。问题倒是在没有好诗。我认为较好的几个作家，金克木去桂林后毫无消息，玲君到延安鲁艺院后也音信俱绝，卞之琳听说也去打游击，也没有信。其余的人，有的还在诉说个人的小悲哀、小欢乐，因此很少有把握，但是不去管他，试一试吧，有好稿就出，不然就搁起来，你如果有诗，千万寄来。……

致陈敬容

敬容女士：

　　大札早收到，因为没有你的地址，故未即奉复，昨天又收到你的信，才知道你的通讯处，这里赶快回答你。你的朋友打算译 *Les Misérables*①，如果我可以有帮忙的地方，一定效力，我的拉丁文是马马虎虎的，已经有二十年没有理过了，而书中拉丁文其实并不多，怕还是西班牙字多一点。现在这样好吗：请他将不识的字抄出来，注明页数（他大概是用的 Nelson 本子吧，我只有这个版本），我

----

① 即《悲惨世界》，法国作家维克多·雨果（1802—1885）创作的长篇小说。

知道的就解释了寄还他，这样可以免得奔走，只须陆续一来一往写信就是了。你以为如何？我病还没有好，可是不得不上课，每上二小时课，回来就得睡半天。《中国新诗》什么时候集稿请示知，一定有稿子给你。你的《交响集》什么时候可以出来？不要忘记送我一部。即请撰安

望舒四月二十四日

致杨静

丽萍：

到平已月余，可是还没有给你写一封信，这种心情也许你是能理解的吧。我一直对自己说，我要忘记你，但是我如何能忘记！每到一个好玩的地方，每逢到一点快乐的事，我就想到你，心里想：如果你在这儿多好啊！一直到上星期为止，我总以为朵朵暂时不记得你了：从上船起一直到上星期这一个多月中，她从来没有提到你一个字，我以为新年快乐使她忘记了一切，可是，在上星期当她打了防疫针起反应而发高烧的时候，她竟大声喊道："妈咪，你作免玩要我第，顶玩解我第嗨里处！"这呓语泄露出了她一个月以来隐藏着的心情，使我眼泪也夺眶而出。真的，你为什么抛开我们？我们为什么会在这里的啊！

可是不要说这些感伤的话了，且把我们分手后的情形告诉你吧。那一天，船一直到晚上九点才开，上船后，我的气喘就好多了。我和二朵朵，卞之琳和邝先生各占一个房舱（大朵朵在我们隔壁的房舱）。房舱很舒服，约等于普通船的头等舱。大菜间也是我们独占的，我们整天在那里玩。伙食也不错，而且餐餐有酒喝。在海上除了第一、二天有雾外，一路风平浪静，船上的人，除了大朵朵外，一个晕船的也没有。三月十七日晨，船就到了大沽口，可是并没有当天上岸，因为从北平派来接我们的人，一直到十八日下午才开了小轮船来接我们（我们的船太大了不能一直开到天津）。那天晚上，我们到了塘沽，宿在海关的宿舍里，受着隆重的招待，第二天十九日，塘沽公安局招宴，宴毕，才上了专为我们而备的专车。十二时到天津，市政府又在车站中款待我们，休息了一小时，在四时到了北平，当即来到翠明庄。翠明庄是从前日本人造来做将校招待所的，胜利后国民党拿来做励志社，现在是人民政府拿来做招待民主人士的地方，虽不及北京饭店或六国饭店大，但比前二处更清净而进出自由。我住的三十一号是全庄最好的一间，有客厅、卧室、浴室、贮藏室等四间，小而精致，房中有电话，十分方便。在军调部时代，据说是叶剑英将军住的，而北平解放后人民政府副市长徐冰也曾住在这里，可以算是有历史性的房间了。卧室有两张沙发床，我和二朵朵睡，大朵朵独自睡一张，一个多月来我们就一直生活在这儿。在刚来的那一天，二朵朵高兴兴奋得了不得，变成小麻雀一样地多话了。真的，一切在她都是新鲜的，我一辈子也没有坐过专车，她却第一次坐火车就坐了。高耸着的正阳门，故宫的琉璃瓦，这一切都是照她所说那样，是"从来也没有看见过"的。（以后她还吃了她"从来也没有吃过"的糖葫芦，炒红果，蜜饯，小白梨等。）这里我们的一切需要他们都管，如洗浴、理发、洗衣、医药等，饭食是每日三餐，早晨吃粥，午晚吃饭，饭菜非常丰富，每餐有鱼有肉，有时是全只的鸡鸭，把嘴也吃高了，不知将来离开此地时怎样呢？

这一个多月差不多是游玩过去的，不是看戏就是玩公园故宫等。孩子们成天跟着我，直到四月一日以后，我才比较松一点。因为她们是在四月一号起进了孔德学校的。孔德学校是北平有名的中小学，虽然现在已不如从前，可是总还不错。因为校长和主任都是认识的，所以她们两人就毫无困难地进了去。大朵进了五年级，二朵进了幼稚园大班。麻烦的是二朵只上半天课，下午还是缠住了我。她现在北京话已说得很不错了。

我身体仍然不大好，所以本来计划从军南下的计划，只能搁起而决定留在北平。也许最近就得到新的工作岗位上去，不再过这种舒适有闲的生活了。我希望仍能带着孩子，可是事情只能到那时再说。政府的托儿所是很好的，好些同志的孩子们都是红红胖胖的，恐怕比我管好得多。

　　前些日子和二朵到颐和园去玩，请朋友照了相，这里寄奉，大朵因为在读书，所以没有去。

　　预料你回信来时我一定不住在这里了，所以你的信还是写下列地址好："北平宣武门外校场头条二十一号吴晓铃先生转。"

　　你的计划如何？到法国去呢，到上海去呢，还是留在香港？我倒很希望你到北平来看看，索性把昂朵也带来。现在北平是开满了花的时候，街路上充满了歌声，人心里充满了希望。在香港，你只是一个点缀品，这里，你将成为一个有用的人，有无限前途的人。如果有意，可去找沈松泉设法，或找灵凤转夏衍。我应该连忙声明这是为你自己打算而不是为我。

　　昂朵好否？你身体如何？请来信告知一切。

望舒　四月二十七日灯下

致杨静

丽萍：

　　你的信收到已有半个多月了，因为在开文学艺术工作者代表大会，一点空也没有，开完会搬到华北大学来。病了，本来还想搁一搁，二朵朵天天催我写信，只好就写了。现在先把这几个月的生活状态报告你吧：我是在六月初离开翠明庄招待所的，本来应该就到华大来，可是因为大朵朵、二朵朵都还没有放假，所以暂时在离学校很近的北池子八十三号文管会旧剧处住了一个月，等孩子们一放假，接着就开文代大会了，就一家子住到前门外的留香饭店去，一直到七月二十六日才搬到华大来。二朵已在幼稚园毕业了，成绩很好，如下：唱歌甲，美术甲，故事甲，工艺乙，常识乙，游戏甲，运动甲，智力程度甲，体格发育甲，操行考查甲。大朵则较差，有一门算术不及格，要补考。二朵认识了很多的大朋友，如舒绣文、周小燕等，连我也都不熟的；马思聪家我也常带她去，她和思聪的次女雪雪是好朋友，她认戴爱莲做姑姑。她很有机会接近音乐和舞蹈，然而我哪里有工夫去管她？自从你写信来说要带昂朵来平后，她时常问你什么时候来，你叫我怎样回答她呢？我以为你到这里来也很好，做事和学习的机会都很多，决不会落空的。筹一笔船费就是了，一到天津就有人招待你的。如果连船费也没有办法，那么让我去和沈松泉商量，叫他们的货船带你来。我这几天工作上就要有调动，调到国际宣传局去（将来有出国可能），孩子们下半年读书的问题，须待调过去后决定。母亲决计请她来平，因为上海没人照顾，而此地生活比上海便宜。

二朵已长了不少，去年的夏衣已短小了，在开文代会的时候，她天天看戏，看了差不多一个月。现在在华大，每天除写一点字以外，就跟同住的孩子们玩，看华大同学排戏，她不断地想你和昂朵，所以你能来就好了。你来了有这些工作可以由你选：进华大学习，进文工团参加音乐或戏剧活动，（音专的贺丽影、郑兴丽都在文工团，马思聪、李凌也在那里。）进电台，其他机关的工作也很多，孩子们也不必自己管，只是要严肃地工作，前途是无量的。广州，不久就要解放，香港畸形的繁荣必然要结束了，你应该为自己前途着想。如果决定来而又可自筹旅费，请即打电报给我（北平煤渣胡同四号沈宝基转戴望舒），告知行期，到天津后找沈松泉（天津马场道三盛里二十五号），他自会招待你，不能筹钱也打电报给我，让我和沈去商量坐他们的船。不过后者要麻烦人家，还是自筹船费的好。来时不必使叶灵凤等人知道，会生许多麻烦。秋天是北平最好的季节，你的女儿日夜望你来。我身体还不错，就是常发病。上月照的一张相，这里寄上。

祝好。

阿宝也有意思来平否？请代致候！

望舒

八月四日

附：杨静致戴望舒三封信

望舒：

两封信都已收到了。当我收到第一信后因邮政不通，所以曾给一电报您，在未收到您的信之前，也曾有一信寄北京饭店转交给您。此信想您未必能收到，我很感谢您的关怀。

我们在港都很平安，昂朵头上的疮已将痊愈了，只有耳朵旁一点点烂。前个星期，曾经病过一次。大概是因为初次游泳受凉之故。看了医生后，现在已好了。但是身体并不强健。我正预备给她上学，般含道英华女书院招生要有出世纸才有资格报名。

我的生活一如从前，没有多大改变，每星期二、四、六上法文课，也没有找到事情做，偶然做做经纪赚一点钱。而这是不正常的人息，尤其是最近手头很拮据，不然我倒想由沪转平玩玩。我极想送昂朵来平。她在这里是很寂寞的，常常想念着朵朵。如果北平有工作给我做，生活不致丛生问题，那我即能设法带昂朵来北平。当然我是不敢冒险而行，法国之行，我已取消。这是为了昂朵，我不能遗下她而远行。况且经济方面，也是不可能的事。

以后来信，请详细写些孩子日常生活的情形，我更希望，您能给朵朵受音乐的训练，她的性情喜爱音乐，别埋没了她的天才。告诉朵朵及大朵朵，常给信我，免我挂念着她们的平安，如果她俩需要在港买东西，那就写信给我好了，有便人去平，即可带上了。

朋友们常问起您，我每天总上宝处。她的生活如旧，新波昨天碰见，他将去沪，老蔡已去法国。蔡太太曾找我帮她忙，接东西。她没有钱虽则我是不高兴，但是总觉她可怜，还是愿意替她奔走。别的朋友？没有遇见，如果您有要事，可给电报我，以后写信别写我的名字，家里不高兴的。

致好！

静

八日

望舒：

两封信今天才收到，一切详知，谢谢您还是那样地关怀我，电报给宝遗失了，所以没有看到：我在八月一日离港到渝去了一趟，十月二日才回来，因此您的信及电报耽搁了一时期，照片一张，同时收到了，旅行了两个月，身体很好，胖了七磅，生活依旧，家里各人都很好，昂朵的疮时愈时发花了很多钱，可是，还不能医好，她的身体并不好，常常看医生，每次游泳后，总发热，现在她长大了很高，也很懂事，没有像从前那样爱哭，不讲理，本来送她到岛幼稚园读书，然而为了头上的疮，便不可以去上学。

我决定来平，过几天我要去找黄先生商量，然后给电报您，我希望自己能筹到一笔钱，但是很不容易，经济拮据得很，欠了别人钱都无法可想。老实说，现在的我，已经变多了，因为没有人管我，而我也很会自爱当心，交际场中已经绝迹，去看看电影，熟朋友家里玩玩。香港也是没有意思的，我是很想能挣扎过来，所以我一定会来平的，常为自己前途焦急，对任何的东西，我都不留恋，也许，我爱孩子的心强极，常梦见朵朵，尤其在离渝前，差不多每天梦见朵朵，于是急忙赶回港对我太影响了。

宝病了一场，痢疾，几乎活不了。她也是那么穷，表妹全家搬到她家里，别的朋友就一无所知，根本就没有遇见过。且我也不爱去谈论他人，自顾不及。孩子们的身体可好，读书问题解决了没有？这是使我最忧心的事。我想一定会替她们解决，这点，在以前早已信任您了，希望您恨我的心，别放在孩子们身上，假如来平，我一定会给孩子们带些东西及衣服，脚踏车可有钱就买，如果我筹不到一笔钱，那是不可能去平，但愿不要失败，有空叫孩子们给信我为盼，二朵写一些字给我看。

致

好！

静

一九四九年十月六日

望舒：

　　前信收到否？念念，我暂无法来平，详情已见前信，家里各人都平安，昂朵的疮已痊愈了，但愿以后不会重发，就好了，她的身体也还好，比从前乖得多了，我的一切如旧，生活得更安静，我希望在年底之前，设法筹一笔旅费就妥当了。十月廿九日有友人王缉庵和赵家瑀两位先生转津赴平。我托他们带上一点东西给朵朵，麻烦人家真是不大好意思，您见到他们，谢谢之。另由邮局寄上圣诞卡，在圣诞夜希望您能给孩子们去受洗。孩子应有宗教的认识，总是担忧着她们，因为她们是失去母亲的爱护之下生活着，别让她们有一种遗憾存在内心，对她们的影响太大了，我常在梦中惊醒，也许是我太想念之故吧！盼望您们有空之时不断地给信我以免远念，请代致候老太太，谢谢她照顾着孩子们。

　　致好！

静

二十九日

227

名家散文

鲁迅：直面惨淡的人生

胡适：天下没有白费的努力

许地山：爱我于离别之后

叶圣陶：藕与莼菜

茅盾：斗争的生活使你干练

郁达夫：夜行者的哀歌

徐志摩：我有的只是爱

庐隐：我追寻完整的生命

丰子恺：我情愿做老儿童

朱自清：热闹是它们的，我什么也没有

老舍：有朋友的地方就是好地方

冰心：繁星闪烁着

废名：想象的雨不湿人

沈从文：每一只船总要有个码头

梁实秋：烟火百味过生活

林徽因：你是人间的四月天

巴金：灯光是不会灭的

戴望舒：我的心神是在更远的地方

梁遇春：吻着人生的火

张中行：临渊而不羡鱼

萧红：我的血液里没有屈服

季羡林：微苦中实有甜美在

何其芳：紧握着每一个新鲜的早晨

孙犁：人生最好萍水相逢

琦君：粽子里的乡愁

苏青：我茫然剩留在寂寞大地上

林海音：唯有寂寞才自由

汪曾祺：如云如水，水流云在

陆文夫：吃也是一种艺术

宗璞：云在青天

余光中：前尘隔海，古屋不再

王蒙：生活万岁，青春万岁

张晓风：年年岁岁岁岁年年

冯骥才：生活就是创造每一天

肖复兴：聪明是一张漂亮的糖纸

梁晓声：过小百姓的生活

赵丽宏：闪烁在旷野里的微光

王旭烽：等花落下来

叶兆言：万事翻覆如浮云

鲍尔吉·原野：为世上的美准备足够的眼泪

名家散文

鲁迅：直面惨淡的人生

胡适：天下没有白费的努力

许地山：爱我于离别之后

叶圣陶：藕与莼菜

茅盾：斗争的生活使你干练

郁达夫：夜行者的哀歌

徐志摩：我有的只是爱

庐隐：我追寻完整的生命

丰子恺：我情愿做老儿童

朱自清：热闹是它们的，我什么也没有

老舍：有朋友的地方就是好地方

冰心：繁星闪烁着

废名：想象的雨不湿人

沈从文：每一只船总要有个码头

梁实秋：烟火百味过生活

林徽因：你是人间的四月天

巴金：灯光是不会灭的

戴望舒：我的心神是在更远的地方

梁遇春：吻着人生的火

张中行：临渊而不羡鱼

萧红：我的血液里没有屈服

季羡林：微苦中实有甜美在

何其芳：紧握着每一个新鲜的早晨

孙犁：人生最好萍水相逢

琦君：粽子里的乡愁

苏青：我茫然剩留在寂寞大地上

林海音：唯有寂寞才自由

汪曾祺：如云如水，水流云在

陆文夫：吃也是一种艺术

宗璞：云在青天

余光中：前尘隔海，古屋不再

王蒙：生活万岁，青春万岁

张晓风：年年岁岁岁岁年年

冯骥才：生活就是创造每一天

肖复兴：聪明是一张漂亮的糖纸

梁晓声：过小百姓的生活

赵丽宏：闪烁在旷野里的微光

王旭烽：等花落下来

叶兆言：万事翻覆如浮云

鲍尔吉·原野：为世上的美准备足够的眼泪